손자는 나의 면류관

손자는 나의 면류관

초판 1쇄 인쇄   2008년 9월 11일
초판 1쇄 발행   2008년 9월 17일

지 은 이   이대위 / 이주현
펴 낸 이   손형국
펴 낸 곳   (주)에세이퍼블리싱
출판등록   2004. 12. 1(제315-2008-022호)

주   소   157-857 서울특별시 강서구 방화3동 822-1 화이트하우스 2층

홈페이지   www.essay.co.kr
전화번호   (02)3159-9638~40
팩   스   (02)3159-9637

ISBN 978-89-6023-197-9 03810

손자는 나의 면류관

이대위 / 이주현 지음

책머리에

"손자는 노인의 면류관이요, 아비는 자식의 영화니라."
(잠언:17장 6절)고 한 솔로몬의 말과 같이 나에게도 그지없
이 사랑스러운 손자가 있어 행복하다.

　유아시절, 일정기간 할아버지 품에서 자랐던 손자가 벌
써 12살이 되었으며 앞으로 몇 개월이 지나면 초등학교를
졸업하게 된다.

　이후 내가 세상에서 살아갈 날이 살아온 세월보다는 짧
다고 생각하니 장손을 보육하면서 간절히 바라며 할아버
지가 불러주던 자작한 노래 가사와 유아 생활 일지, 그리
고 유학 가는 아빠를 따라 엄마, 동생과 함께 영국에서
생활하던 시절에 주고받은 E-mail 등을 기록으로 남기
어 장손은 물론 후손에게 물려주고 싶어 자료 등을 정리,

편집하여 책을 만들게 되었다.

　아무쪼록 나의 후손들은 이 책을 정독하여 할아버지가 의도하는 바를 파악하고 깨달아 행동으로 습관화하여 자신들의 행동이 늘 자랑스럽고 즐거우며 보람 있는 행복한 생활이 되도록 자신의 책무와 역할을 다하면서 인류사회에 공헌하는 동량지재(棟梁之材)가 되기를 간절히 바라며 기원한다.

손자 이주현 만 12세를 기념하여

차례

손자의 출생과 유아 생활

　나의 첫 손자 이주현(李柱縣)이는 1996년 12월 13일 11시 45분(음: 4329년=丙子년 쥐띠, 11월 3일 午時) 몸무게 4.05kg, 신장 57.5cm, 머리둘레 35cm, 가슴둘레 36.5cm, 혈액형 Rh+A형으로 세상에 태어났다.

　손자가 출생한 날 오후 1시 10분쯤에는 강원도 영월군 동쪽 20km 지점에서 전국규모의 4,5M 지진이 발생했었는데 무슨 징후일까? 그것은 앞으로 훌륭한 인물이 될 내 손자 이주현이가 이 땅에 태어났음을 세상에 알려주는 것이었다고 할아버지는 생각하며 믿고 있다.

　손자는 2002년 9월 30일까지 조부모 슬하에서 생활하였는데 그 시절 할아버지가 손자를 보육하면서 때마다 자작한 노래를 부르며 잠재우고 일정기간 유아의 생활을 관찰하여 기록한 것 등을 망라하여 여기에 수록하였다.

할바의 소망가

1. 잘도 자네 잘도 자네 우리손자 잘도 자요
   고요하게 자는 모습 그지없이 평화롭네
   우리손자 착한사람 튼튼하게 잘 자라서
   근면하게 살아가며 참사람이 되어다오

2. 잘도 웃네 잘도 웃네 우리손자 잘도 웃어
   천진하게 웃는 모습 한량없이 예쁘구나
   우리손자 착한사람 예바르게 잘 자라서
   성실하게 살아가며 기쁜 생활 이루거라

3. 잘도 먹네 잘도 먹네 우리손자 잘도 먹어
   맛있게도 먹는 모습 그지없이 귀엽구나
   우리손자 착한사람 무럭무럭 잘 자라서
   모든 사람 귀감 되어 덕망 높은 사람 되오

4. 잘도 하네 잘도 하네 우리손자 잘도 해요
   옹알이도 잘 하네요 사랑스런 우리손자
   우리손자 장한사람 진실하게 잘 자라서
   仁義禮智 실천하며 존경받는 사람 되오

5. 잘도 걷네 잘도 걷네 우리손자 잘도 걸어
   아장아장 걷는 모습 자랑스런 우리손자
   우리손자 장한사람 씩씩하게 잘 자라서
   정의롭게 살아가며 신뢰받는 사람 되오

6. 잘도 보네 잘도 보네 우리손자 잘도 봐요
   여기저기 살피는 모습 한량없이 기특하네
   우리손자 장한사람 슬기롭게 잘 자라서
   부자유친 이루어서 孝子忠信 되어다오

7. 못 다하신 할바 소망 길이길이 잘 살피어
   할바 심정 깨달아서 기쁜 소망 이뤄다오
   우리 손자 장한사람 修身齊家 완성하고
   萬苦勝者 되어서 榮高 王이 되어다오

기대하는 손자의 답

1. 알겠어요 알겠어요 할아버지 알겠어요
   할바 심정 체휼하여 기쁨 올려 드릴게요
   정직 근면 성실하고 슬기롭게 살아가며
   신뢰받고 존경받는 참사람이 되겠어요

2. 살필게요 살필게요 두루 두루 살필게요
   못 다하신 할바 소망 길이길이 잊지 않고
   仁義禮智 실천하며 모든 사람 귀감 되어
   덕망 높고 예의바른 참사람이 되겠어요

3. 모실게요 모실게요 할바 뜻을 모실게요
   修身齊家 완성하고 家和萬事 이루어서
   양친부모 편히 모셔 孝子忠信 되겠어요
   萬苦勝者 되어서 榮高 王이 되겠어요

                    -1997. 6. 14 作-

유아 생활 일지 (1998.6.8~7.31)

* 평범하게 활동한 날의 내용은 여기 수록을 생략하였음

1998. 6. 8
◇ 급식은 비오비타 영양제와 야쿠르트 혼합한 우유, 때로는 밥
15:00-병원방문 눈(右眼)충혈진료 6:20-19:00 급식/오침 22:00-목욕/급식/취침

1998. 6. 10
07:00-기상, 급식 11:00-13:00 급식, 오침 14:00-16:00 유성 온천 목욕,
병원방문 우안충혈치료 16:20-19:00 급식, 오침 22:00-목욕, 급식, 취침

1998. 6. 11
06:40-기상 ,급식, 활동 10:30-12:40 급식, 오침 13:00-우안충혈치료-활동
16:00-17:30 급식, 오침 이후 활동 22:00-급식, 취침

1998. 6. 12
06:00-기상, 급식, 활동 10:00-12:00 급식, 오침 13:00-우안충혈치료, 완치
15:30-18:00 급식, 오침 이후 활동 22:00-목욕, 급식, 취침

1998. 6. 13
06:50-기상, 급식, 활동 10:00-12:00 급식, 오침 14:20-조부모와 서울행
15:30-17:40 급식, 오침 20:00-서울집회행사참석 22:00-급식, 차내에서 취침

1998. 6. 14
04:00-대전귀가 07:10-기상, 급식, 활동 11:00-13:00 급식, 오침
16:00-17:40 급식, 오침 이후 활동 22:00-목욕, 급식, 취침

1998. 6. 16
간밤에 고열로 잠 못 이룸. 08:30-기상/급식. 소아과 진료/활동 12:40-급식, 투약
15:00-17:00급식, 오침 18:00-19:00 놀이터에서 활동 22:00-목욕, 급식, 취침

1998. 6. 17
07:00-기상, 급식(고열상태호전), 활동 11:30-14:00 급식, 오침
14:30-17:00 외출(Say백화점) 18:00-급식, 활동 21:30-급식, 취침

1998. 6. 18
07:30-기상, 급식 10:00-소아과 진료-활동 12:00-14:00 급식, 오침
17:00-급식, 활동 21:40-목욕, 급식, 취침

1998. 6. 19
07:30-기상, 급식(밥, 우유) 13:00-15:30 급식, 오침 18:00 급식, 활동
22:00-급식, 취침   * 오늘은 대변이 없었음.

1998. 6. 20
새벽에 다시 고열. 07:00-기상, 급식, 활동 10:00-소아과 진료-활동
12:00-15:10 급식, 오침. 2일 만에 대변 정상 21:20-목욕, 급식. 취침

1998. 6. 21
03:00-04:00 혼자 활동 08:00-기상, 급식, 활동 13:20-16:00 급식, 오침 이후 활동 17:00-급식, 활동 22:00-급식, 취침

1998. 6. 22
03:00-04:00 혼자 활동 08:20-기상, 급식 10:00-소아과 진로(열로 인한 귀 염증)
13:00-16:00 급식, 오침 21:00-외출(쇼핑) 간식 22:00-목욕, 급식, 취침

1998. 6. 24
07:00-기상, 급식 11:30-13:00 급식, 오침 13:30-귀 진료 호전 완치
15:40-18:00 급식, 오침, 활동 22:00-목욕, 급식, 취침

1998. 7. 3
06:20-기상, 활동 07:40-급식(밥, 우유) 10:00-이발(몹시 울었음)
11:40-15:40 급식, 오침 16:00-외출(Say백화점) 22:40-급식, 취침

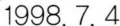

1998. 7. 4
07:20-기상, 급식 11:20-14:00 급식, 오침 17:00-급식, 간식-활동
22:00-목욕, 급식, 취침   * 사촌동생(정원영) 돌 기념행사에 참석

1998. 7. 5
06:30-기상, 활동 08:00-급식, 활동 14:00-16:20 급식, 오침 후 활동
18:30-대전 시내 드라이브, Say놀이터에서 활동 22:20-급식, 취침

1998. 7. 7
06:30-기상, 활동 08:00-급식(밥, 우유) 11:00-13:00 급식, 오침 후 활동
14:00-중구 보건소 예방주사(D. T. P) Say놀이터에서 활동 22:00-급식, 취침

1998. 7. 8
06:30-기상, 활동 08:00-급식(밥, 우유) 11:30-13:10 급식, 오침 후 활동
17:00-18:00 급식, 오침 19:00-과학 공원 산책 22:30-목욕, 급식, 취침

1998. 7. 9
07:00-기상, 활동 08:00-급식(밥, 우유) 10:00-동네 산책, 놀이터에서 활동
11:00-14:30 급식, 오침 18:00-급식, 과학 공원 산책 22:00-급식, 취침

1998. 7. 13
07:00-기상, 활동 08:00-급식(밥, 우유) 09:20-주방문턱에 걸려 크게 넘어지고 스
스로 일어남 12:00-14:30 급식, 오침 17:00-급식, 활동 22:30-급식, 취침

1998. 7. 14
08:00-기상, 급식 13:00-15:00 급식, 오침 이후 활동 18:00-급식(밥, 우유)
18:30-20:00 과학 공원 드라이브 22:20-목욕, 급식, 취침

1998. 7. 16
07:30-기상, 활동 08:00-급식, 활동 12:30-15:00 급식, 오침 이후 활동
17:30-20:30 급식 후 유성지역 드라이브 22:20-목욕, 취침

1998. 7. 18
08:00-기상, 급식(밥, 우유) 13:00-15:30 급식, 오침 16:00-백화점쇼핑, 간식
19:00-급식(밥, 우유) 22:00-목욕, 급식, 취침

1998. 7. 20
07:30-기상, 급식 10:30-18:00 조모와 야외 물놀이-우측 종아리 벌레물림. 치료.
22:30-목욕, 급식, 취침

1998. 7. 31
07:00-기상, 활동, 급식(밥, 우유) 12:00-15:00 급식, 오침
16:00-동네 산책 놀이 18:00-급식, 활동 22:20-목욕, 급식, 취침

　　이와 같이 54일간 손자의 생활 리듬을 관찰한 결과를 기록하
면서 알게 된 것은 유아는 규칙적인 조건과 환경을 만들어 주면
절대 칭얼대지 않고 잘 자란다는 것이다. 깨끗한 환경에서 때맞
추어 적절한 급식과 용변, 목욕, 취침 그리고 활동할 수 있도록
환경을 만들어 주면 활발하게 생활하면서 잘 자란다.

　　나의 손자 주현이는 어린 시절 유학 가는 아버지를 따라 가족
모두가 영국에서 생활(2004. 9. 30~2006. 9. 28)하였다.

　　다음은 주현이가 영국 생활 중, 고국의 할아버지와 주고받은
E-mail 내용 들이다.

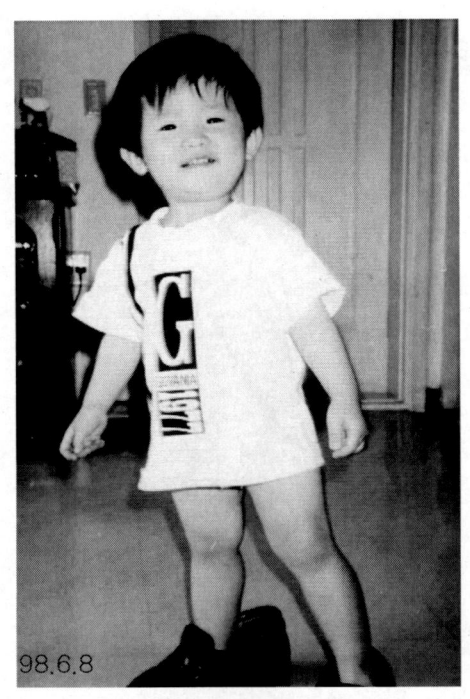

98.6.8

손자와 할아버지의 E-mail

할아버지! 새해 복 많이 받으세요.
요즘 건강하세요? 저는 건강해요.
새해 들어 영어 받아쓰기 100점 맞았어요. 그리고 제가 축구 수비수
를 했는데요, 운이 좋아서 상대편 골대로 들어갔어요.
그럼 할아버지 안녕히 계세요.

2005. 1. 23
이주현 올림

손자는 나의 면류관

장하다, 이주현!

주현이가 벌써 이메일을 보내다니 참으로 신통하고 대견하구나. 대단히 반갑게 읽어보고 즉시 회답을 보낸다.

영어 받아쓰기를 100점 받았다니 더 없이 할아버지는 기쁘고 더구나 축구를 통하여 몸도 튼튼히 하고 있으니 더욱 기쁘구나.

부모님과 선생님 말씀 잘 듣고 따르면 이다음 주현이는 어른이 되면 훌륭한 일을 하는 사람이 될 거야.

할아버지는 주현이가 훌륭하게 되기를 간절히 기도하고 있단다.

몸성히 공부를 잘하면서 잘 지내거라. 안녕!

2005. 1. 24
할아버지

아범과 어멈에게

어제 밤 KBS 1TV 가요무대를 시청하는 중에 가수 나훈아가 작사 작곡하고 노래한 '사랑' 이란 노래를 들으면서 참으

로 좋은 가사와 곡조에 감동하여 그 노래 가사를 연상하면
서 작사하여 아범에게 보내니 아범이나 어멈이 그 노래를
안다면 그 곡에 맞추어 손자들에게 들려주면 좋겠구나.

손자는 노인의 희망

1. 사랑하는 손자들아 건강하게 잘 지내느냐
   너희들의 목욕사진 항상 봐도 귀엽구나

2. 삭풍 부는 겨울날엔 따뜻하게 털옷입고
   매미 우는 여름날엔 시원하게 물에 놀며

* 너희들이 밥 잘 먹고 잠 잘 자나 물어보고
   행여 너들 아프지 않나 염려 되어 전화 하네

3. 온 세상을 다준다 해도 바꿀 수 없는 내 손자들
   잠시라도 잊지 못해 늘 그리며 노래하네

2005. 4. 12

할아버지 안녕하세요.

할아버지가 영국에 오셔서 저에게 주신 돈으로 작은 차, 탁구공, 모형 괴물, 책, Lego 사람을 샀어요.

어제 '카 부츠' 라는 곳에 갔었거든요. 거기에서 작은 차, 탁구공 빼고 나머지는 '카 부츠' 라는 곳에서 샀어요.

할아버지 행복하게 오래오래 사세요.

2005. 8. 21
주현 올림

사랑하는 주현아!

　주현이가 할아버지와 약속한대로 이메일을 보내주어서 대단히 반갑고 고맙구나.

　주현이는 누구와도 약속을 하면 꼭 지키는 신용 있는 사람이 될 거야. 그래야만 믿을 수 있는 사람이고 모든 사람으로부터 칭찬과 사랑을 받을 수 있는 거란다.

　그런데 영어와 한글로 하기로 약속했는데 영어로는 안했구나. 다음에는 영어로도 하고 한글로도 이메일을 보내주기 바란다. 그러면 주현이는 실력이 늘고 할아버지는 주현이 덕분에 영어공부도 할 수 있으니까. 할아버지는 영어를 잘 못하니까 영어로 이메일을 보내주면 주현이가 할아버지를 가르쳐주는 영어 선생님이 되는 거란다.

　주현이는 아빠처럼 공부도 잘하고 아빠, 엄마, 선생님 말씀도 잘 듣는 사람이 되면 틀림없이 주현이도 커서 아빠처럼 우리나라의 훌륭한 일꾼이 될 거야. 아빠, 엄마, 선생님 말씀을 안 지키고 주현이 좋을 대로만 하면 어떻게 된다고 할아버지가 말했는지 잘 기억하고 있겠지?

　이제 얼마 있으면 방학이 끝나고 학교에 가겠구나. 영국

학생들보다 더 공부 잘하고 착한 어린이가 되어 선생님한테 칭찬 많이 받는 주현이가 되면 할아버지는 더욱 기쁘고 행복할 거야.

아무쪼록 밥 잘 먹고 잠 잘 자고 건강하게 자라서 아빠 엄마를 기쁘게 해야 한다.

잘 지내라. 안녕!

2005. 8. 22
할아버지

할아버지 안녕하세요.

스위스에 갔다 왔어요. '마테호른'이라는 산에 갔다 왔는데 그 산이 스위스에서 제일 유명한 산이래요.

그리고 니더호른 이라는 곳에 갔다 왔지요. 니더호른은 1900m고 마테호른은 4478m예요.

할아버지 안녕히 계세요.

2005. 8. 29
주현 올림

Dear grandpa.

Hi, grandpa.

I went to Switzerland. I went to matterhorn. That mountain is the most famous in Switzerland.

And I went to niederhorn. Niederhorn is 1900m and matterhorn is 4478m.

Bye! Yours sincerely.

29-8-2005

사랑하는 주현에게

주현아! 네가 보낸 E-mail 잘 보았다.
훌륭하게 글을 썼는데 주현이가 생각하고 주현이가 직접 쓴 것인지 그것이 궁금하구나.
아빠나 엄마의 지도 없이 직접 썼다면 대단히 잘 썼구나. 글을 맺는 인사의 말이 없어서 조금은 아쉽다만.
할아버지는 어제(8월 29일) 대전에 갔다가 모든 일을 보고 거기서 하루 밤을 자고 오늘(8월 30일)에 와서 보니 주현이가 보낸 메일이 할아버지를 기다리고 있어서 얼마나 행복하고 기뻤는지 모른다.
지금도 할아버지는 주현이 사진을 바라보며 글을 쓰면서 웃고 있단다.
할아버지는 항상 주현이가 동생 잘 돌보고 부모님과 선생님 말씀 잘 지키면서 공부 잘 해주기를 간절히 바라면서 기도하고 있어요. 그렇게 하고 있지? 그래야 너도 이다음에 커서 아빠처럼 유학도 가도 여행하면서 즐거운 생활을 할 수 있다는 것을 알아야 한다.

아무쪼록 무럭무럭 건강하게 잘 자라서 인류사회에서 훌륭한 일꾼이 되도록 노력하기를 바라면서 오늘은 이만한다. 잘 지내 거라. 안녕!

2005. 8. 30

할아버지 안녕하세요.

프랑스 파리에 갔다 왔어요. 파리에서 베르사유 광장, 에펠탑, 루브르 박물관에 갔다 왔어요. 루브르 박물관에서 모나리자, 승리의 여신 나이키, 비너스를 봤어요.

할아버지 안녕히 계십시오.

2005년 9월 4일
주현 올림

Dear grandpa.

Hi, grandpa.

I went to paris in France. I went to tour eiffel, palace of versailles, louvere museum. I saw mona lisa, venus, nike in louvere museum.

Bye! Yours sincerely.

4-9-2005

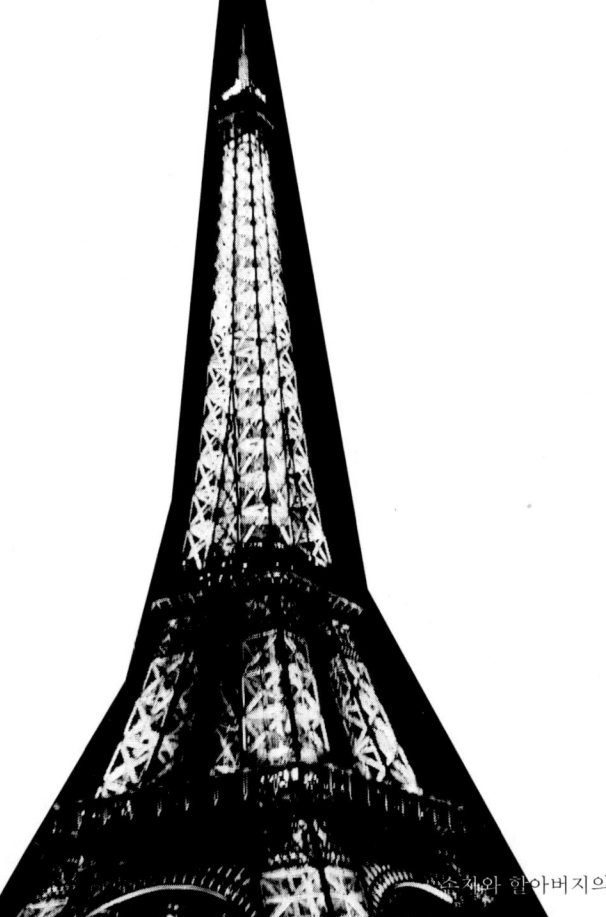

자랑스러운 주현아!

　주현이의 글을 볼 때마다 할아버지는 행복한 미소를 진단다.
주현이가 벌써 이렇게 성장하여 할아버지에게 매주 메일
을 보내주다니, 한없이 기쁘고 마음이 매우 흡족하단다.
　그래, 할머니, 아빠, 엄마, 동생이랑 프랑스 파리를 관광
하고 왔다니, 할아버지는 대단히 반갑구나. 그 유명한
320m 높이의 에펠탑도 보고 루브르 박물관에서 레오나르도
다빈치가 그렸다는 모나리자도 보았다니 많은 것을 느끼
고 배웠으리라 생각하기 때문이지.
　그런데 주현이가 느낀 것을 메일에 적어 보냈으면 할아버지
는 더 행복한 미소를 지을 수가 있었을 텐데 그 내용이 없
구나. 느낌과 깨우침이 없이 그저 재미로만 관광한다면 아
무런 소득이 없고 여행한 보람이 없지 않겠느냐? 관광하면
서 보고 느낀 것을 일기로 기록하라고 할아버지가 거기서
주현에게 말했는데 그대로 하고 있는지 궁금하구나.
　똑같은 것을 보고 들었어도 느낌과 깨우침에 따라 그 사
람의 앞날이 달라진다는 것을 깊이 알고, 주현이는 항상
올바른 마음자세로 사물을 예리하게 관찰하는 습성을 갖

도록 하기위해서 주현이의 느낌을 일기에 쓰도록 부탁한 것이란다. 알겠니?

아무쪼록 여행이나 책이나 TV를 통하여 많이 보고 느끼고 깨우침이 있도록 노력하기를 할아버지는 간절히 바라고 있단다.

며칠 있으면 학교에 가겠구나.

건강하게 잘 지내거라. 안녕!

2005. 9. 5
할아버지

할아버지 저 주현이에요.

제 친구 빔바이와 블록을 바꿨는데 너무 기분이 좋았어요. 빔바이가 저한테 장난감 칼을 그냥 주어서 빔바이가 착한 아이라고 생각했어요. 빔바이는 영어를 잘해서 알아듣기가 쉬워요. 빔바이의 형도 착하고, 웃겨요.

할아버지 안녕히 계세요.

2005년 9월 11일
주현 올림

Dear grandpa.

Hi, grandpa. I'm joohyun.

I swaped lego with my friend vimby. It was so happy. Vimby gave me toy sword. I thought he is a good boy. Vimby is good at speaking english. His brother is kind and funny.

Bye! Yours sincerely.

11-9-2005

사랑하는 주현에게

할머니가 대전에서 어제(9월 11일) 오셨다가 오늘 가셨는데 할아버지가 먹을 반찬과 영국에서 가지고 온 CD를 가지고 오셨지. 그래서 스위스와 프랑스로 여행한 너희들 사진들을 잘 보았단다.

그래, 학교에는 즐거운 마음으로 잘 다니고 있냐?

몸과 마음을 잘 관리하면서 공부 열심히 하는 것이 주현에게는 제일 중요한 일이라는 것을 항상 기억하면서 실천하고 있겠지! 아무쪼록 너도 아빠처럼 다른 학생들보다 열심히 공부하고 선생님에게 칭찬 많이 받는 어린이가 되기를 바란다.

네 친구 빔바이하고 즐겁게 지내고 있다니 할아버지도 기쁘구나. 그런데 빔바이는 너에게 장난감 칼을 그냥 주었다는데 너는 빔바이에게 무엇을 주었는지 모르겠구나.

너도 빔바이 에게 답례를 해야 하지 않냐? 받기만 하고 아무 답례를 못했다면 그것은 잘못한 것이야. 더욱 친하게 지내려면 너도 답례를 해야지. 어려서부터 그런 습관을 갖도록 노력해라. 알겠니? 받는 것보다 주는 것을 좋아하고 즐기는 사람들이 이다음에 커서 훌륭한 일을 많이 하거든. 받는 것만 좋아하는 사람들은 당장은 좋은 것 같아도 세월이 지나고 보면 그런 사람들은 잘 못살아! 알겠냐?

아빠, 엄마, 선생님 말씀 잘 지키면서 동생 잘 돌보고 친구들과 즐거운 시간 많이많이 해라.

잘 있어라. 안녕!

2005. 9. 12
할아버지

할아버지! 저 주현이에요.

저 오늘 어떤 곳에서 전쟁놀이 했어요. 저의 학교는 바이킹이고요, 다른 학교는 영국 군인 이었어요. 우리 편이 이겼어요. 왜냐하면 우린 28명, 상대는 25명이고 게다가 우린 선생님이 두 분이 계셨어요.

또 시내에 가서 피리를 샀어요. 그리고 시내 벽을 걸었어요.

할아버지 안녕히 계세요.

2005년 9월 18일

주현 올림

Dear, grandpa.

Hi, grandpa. I'm joohyun.

Today I went to some where. I had fake war. My school is viking and other school is English army. We won. Because we had 28 people and they had 25 people. In addition we had two teachers.

I went to city center with my family and bought recorder. And we did city wall walking

Bye! Yours sincerely.

18-9-2005

보고 싶은 주현에게

전쟁놀이하면서 재미있게 생활하는 것 같아 기쁘구나.

그래, 시내에 가서 피리를 샀다고 하니 할아버지가 주현
이하고 요크시내를 걸어서 갔던 일이 생각나서 더욱 보고
싶다.

할아버지는 할머니와 삼촌하고 9월 18일 추석 명절에 주
현이의 증조할머니의 차례를 지냈단다.

주현이와 주헌이가 있었으면 더욱 좋았을 텐데. 영국에
서 아빠, 엄마랑 생활하고 있으니 사진으로만 보고 또 보
았지.

아무쪼록 튼튼하게 잘 자라서 훌륭한 일을 하려면 아빠,
엄마, 선생님 말씀 잘 지키면서 공부 잘해야 한다는 것을
항상 잊지 말고 꾸준히 노력하는 주현이가 되기를 할아버지
는 간절히 바라면서 늘 기도한단다.

잘 지내거라 안녕!

2005. 9. 21
할아버지

할아버지 안녕하세요.

제가 빨리 커서 의사가 되어 할아버지가 아프시면 제가 치료해 드릴게요.

항상 건강하시고 오래오래 사세요.

할아버지 생신 축하드려요.

Happy birthday to my grandpa! *..*

From 이주현
2005-09-24

고맙다. 주현아!

주현이가 보내준 할아버지 생일 축하 카드와 축하 메일 잘 받아 보았다. 그리고 아름다운 음악도 잘 들었단다. 대단히 고맙고 반갑구나.

주현이가 커서 의사가 되어 할아버지가 아프면 치료하여 준다니 대견하고 훌륭한 생각을 하고 있으니 매우 기쁘다.

그래 학교생활은 재미나게 하고 있냐?

열심히 공부하여 선생님으로부터 칭찬 많이많이 받아야 한다. 선생님에게 칭찬 많이 받는 학생이 이다음에 커서 훌륭한 일을 많이 한단다.

아무쪼록 건강하게 잘 자라면서 공부 잘 하거라. 안녕!

2005. 9. 27
할아버지

주현아!

어제는 무슨 일이 있어 할아버지에게 메일을 안 보냈는지 궁금하구나. 약속을 했거나 자기가 한다고 말했으면 꼭 하는 주현이가 되기를 할아버지는 바란단다. 그래야 다른 사람으로부터 믿을 수 있는 사람이 되고 칭찬과 귀여움을 받으며 자기가 하고 싶은 일을 할 수 있으니까.

말해 놓고 안 하면 신용 없는 사람이 되니까 사람들이 싫어하고 상대를 안 해주니 그 사람은 힘들게 살 수 밖에 없단다.

    그러니까 주현이는 말하면 꼭 하고 마는 믿을 수 있는 사람이 되기를 할아버지는 간곡히 바라고 있단다. 꼭 그렇게 해라. 알겠지?

    건강하게 잘 지내거라. 안녕!

2005. 10. 3
할아버지

할아버지 안녕하세요.

어제 편지를 못 써서 죄송해요. 비디오를 보다가 늦어서…….

그런데 이상한 일이. 3학년 때는 그러지 않는데 4학년 우리 반은 월요일마다 힌두교, 체육, 책 읽기 등을 해요. 내일은 수영을 배워요.

할아버지 안녕히 계세요.

2005년 10월 3일
이주현 올림

Dear grandpa,
Hi, grandpa.

Sorry about I didn't write a letter. I watched a video.
So it was too late.

By the way I didn't learn Hinduism, P.E.reading in
Year3 but I do in Year4.

There will be swimming class tomorrow.

Bye! Yours sincerely.

3-10-2005

주현아! 반갑다.

그래, 비디오를 재미있게 보느라고 할아버지에게 메일을
못 보냈구나. 그것도 모르고 할아버지는 왜 안 보냈는지
퍽 궁금했었지.

그러나 사람이 자기가 말한 것은 꼭 하는 버릇을 어릴 때
부터 해야 돼. 그렇게 안 하면 이다음 커서는 잘 안 되거든.

그리고 말이야 "죄송해요" 하는 말은 가깝지 않은 다른
사람들에게 하는 말이고 주현이와 가까운 가족이나 선생님

에게는 "잘못했어요, 다음부터는 잘 할게요"하고 말하는 거란다.

동생 주현이에게도 잘못한 일이 있으면 "형이 잘못했구나, 미안하다"하고 사과하는 거야. 알겠니? 잘못하고도 뉘우칠 줄 모르고 그대로 있으면 주현이는 발전할 수 없고 마음의 용기가 없는 아주 못난 사람이 되는 거란다.

진정으로 용기 있는 사람은 자기의 잘못을 진심으로 사과하고 다시는 똑같은 잘못을 안 하는 사람이지. 그러니까 주현이는 비겁한 사람이 안 되려면 그렇게 해야 돼. 알겠지?

그리고 학교에서나 어디서든 이상하고 의문스러운 일이 있으면 집에 와서 아빠나 엄마에게 물어서 알아보고 행동해야 한다. 학교에서 월요일마다 힌두교, 체육, 책을 읽는 것이 이상하다면서 아빠나 엄마에게 물어보았니?

주현이가 건강하게 잘 자라서 하고 싶은 일을 하려면 밥은 맛있게 먹어야하고 그 날에 해야 할 공부와 일은 정신차려 꼭 한 다음에 즐겁고 씩씩하게 친구들과 사이좋게 놀고 잠은 일찍 자고 일찍 일어나는 습관을 가져야 해.

그러니까 주현이와 같이 어린이 때는 오후 9시쯤에는 자야하고 아침 7시에는 일어나서 세수하고 밥 먹고 이 닦고 학교 갈 준비를 잘 하고 학교가야 학교 가서도 공부가 잘 되는 거란다.

주현이가 대전에서 할아버지와 살 때 할아버지가 말하면 잘 듣고 잘 했으니까 영국서도 아빠, 엄마 말씀 잘 따르면서 잘 하고 있지? 누구한테나 칭찬 많이 받는 사람이 훌륭한 일을 할 수 있으니까 주현이도 칭찬 많이 받고 자라야 한다. 어릴 때 아빠처럼 말이야.

주현이 생활이 항상 자랑스럽고 즐겁기를 바라면서 이만 쓴다.

동생 잘 보살피면서 잘 지내거라. 안녕!

2005. 10. 4
할아버지

할아버지 안녕하세요.

오늘 스쿠비라는 줄로 어떤 모양을 만들었어요. 그 줄의 길이가 2m 예요.

우리 집에 누가 빌려준 만화 영화가 3개가 있어요. 이름은 이웃집 토토로, 마녀배달부 키키, 고양이의 보은이 있어요.

학교에서 제 친구 으지와 저는 그림을 잘 그려서 교장선생님께 칭찬을 받았어요. 랭골리 패턴을 그리고 색칠해서 스티커를 받았어요. 제가 그린 그림 앞에서 찍은 사진 보내드릴게요.

할아버지 안녕히 계세요.

2005년 10월 9일
주현 올림

Dear grandpa. I'm Joohyun.

Today I made a Scooby. It was 2m.

Someone lent us some animations.

The titles are MY neighber totoro, kiki's delivery service, The cat returns.

In the school my friend Uji and me were praised by Mrs. Powley, the head teacher because we are good at drawing and coloring Rangoli pattern. So we got Stiker. I send my photo taken In front of my picture.

Good bye! Yours sincerely.

9-10-2005

주현아! 보고 싶다.

가족 모두들 건강하게 잘 지내고 있니?

그래 주현이는 학교에 잘 다니면서 재미나게 생활하는 모양이지! 그림을 잘 그려서 주현이 친구 으지와 같이 교장 선생님으로부터 칭찬을 받았다니 할아버지가 매우 반갑고 기쁘구나.

학교에서는 선생님으로부터, 집에서는 아빠, 엄마로부터 칭찬을 받는 일을 많이 하면 이다음 주현이가 어른이 되어서 훌륭한 일을 하게 될 터이니까 할아버지가 기뻐하는 거란다. 아무쪼록 칭찬을 많이 받고 씩씩하게 자라는 착한 주현이기를 할아버지는 항상 기도하면서 간절히 바라고 있단다.

그런데 그림만 있는 사진에서 어떤 것이 주현이가 그린 것인지? 하얀 판에 검정색 선으로 그린 중앙 것만 주현이가 그린 것인지 아니면 사진에 있는 그림 모두 주현이가 그린 것인지 모르겠다.

그리고 할아버지가 말한 대로 밥 잘 먹고 일찍 자고 일찍 일어나 학교에 갈 준비를 잘 하면서 학교에 가는지도 궁금하다.

다음 메일을 보낼 때 꼭 알려주기 바란다.

그럼 건강하게 잘 지내거라. 안녕!

2005. 10. 10
할아버지

할아버지 안녕하세요.

요즘 날씨가 추워지는데 할아버지는 건강하세요?

제가 그린 그림은 흰 종이에 선 만 그려져 있는 거예요.

게다가 저는 밥을 잘 먹어서 살이 쪘습니다.

저 이제는 인라인 스케이트도 잘 타지만 스케이트 보드도 잘 타고 골프도 했어요.

그럼 할아버지 안녕히 계세요.

2005년 10월 16일

주현 올림

Dear grandpa.

Hi, grandpa.

The weather is getting colder. Are you alright?

My picture is the one just lines in white paper.

I have a good appetite so I get on weight.

I'm good at riding skateboard now.

Bye! Yours sincerely.

16-10-2005

사랑하는 주현아!

주현이가 보낸 메일 잘 읽었다.

할아버지는 주현이가 걱정해주는 덕분에 건강하게 잘 있단다.

그래 주현이가 그린 그림이 참으로 잘 그렸구나. 할아버지는 주현이가 그린 그림이 종이 크기와 색상이 잘 조화되고 균형을 이루면서 섬세하고 정확하게 대단히 잘 그렸다고 생각한다.

그래 주현이는 영리하고 착한 어린이니까 주현이가 잘 그린 그림처럼 주현이의 일상생활도 모든 사람으로부터 항상 보기 좋은 모습으로 칭찬 많이 받으며 즐겁게 생활하고 있겠지?

그런데 할아버지가 밥을 맛있게 잘 먹으라고 한 것은 주현이 몸이 튼튼하게 되라고 한 말이지 살찌우란 것은 아니야. 어린이 비만은 절대로 나쁘니 살이 찌면 운동해서 빼야 돼.

주현이는 만으로 9살이 되니까 우리나라 표준체형으로는 키가 133cm이고 체중은 31kg넘으면 안되니 주현이 스스로가 건강을 위하여 체력관리를 잘 해서 튼튼한 몸이 되도록 단련하는 습성을 가져야 한다. 알겠지?

스케이트보드도 잘 탄다고 하니 반갑다만 한편으로는 염려도 된다. 스케이트보드를 탈 때는 헬멧도 쓰고 보호대도 하고 안전이 제일이라는 생각으로 조심스럽게 타야해. 몸 다치고 나면 주현이만 손해야. 알겠지?

그럼 몸 건강히 즐거운 생활되기를 바라면서 오늘은 이만한다. 안녕!

2005. 10. 17
할아버지

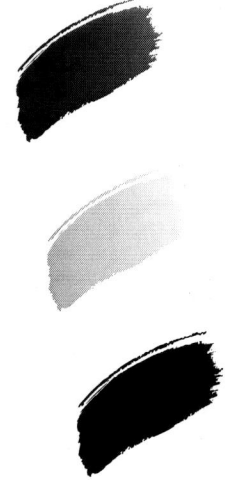

할아버지 안녕하세요.
할아버지! 날씨가 추워졌어요. 할아버지는 괜찮으세요?
9일 동안(10월22일~10월30일)방학이에요.
오늘 싸싼이라는 친구네 집에 갔어요. 거기서 저녁도 먹고 영화도
봤어요.
할아버지 안녕히 계세요.

2005년 10월 23일
주현 올림

Dear grandpa.
Hi, grandpa.
The weather is cold. Are you alright?
I have a halfterm holiday for 9 days. (10/22~10/30)
Today I went to Sasan's house. They gave me dinner
and we saw a movie on TV.
Bye! Yours sincerely.

23-10-2005

사랑스러운 착한 어린이 주현아!

 그동안 건강하게 지내며 공부 잘 하고 있냐?

 할아버지는 주현이가 염려해주는 덕분에 잘 지내고 있단다.

 할아버지에게 매주 일요일 영국에서 보내주는 주현이의 E-mail이 벌써 열 번째가 되는구나. 할아버지는 주현이가 보내주는 메일을 보는 것이 유일한 즐거움이고 반가워서 일요일만 되면 기다려지고 월요일 아침이면 읽어보고 답장을 쓰고 있단다.

 그래 싸싼이란 친구 집에서 TV 영화도 보고 저녁도 먹고 왔다니 친구들과 사이좋게 지내는 주현이가 대단히 사랑스러워 할아버지도 싸싼이란 친구가 어떤 사람인지 알고 싶구나. 어느 나라 사람이고 몇 살 된 어린이인지 알려주렴.

 그리고 빔바이 어린이하고도 여전히 잘 지내고 있겠지?

 아무쪼록 영국 생활 중에 외국 어린이들과 많이 사귀고 친하게 지내면서 영어도 잘 배우고 이다음에 커서도 사이좋은 친구가 되도록 노력하거라.

 튼튼한 몸으로 공부 잘하면서 씩씩하게 잘 지내거라. 안녕!

2005. 10. 24
할아버지

할아버지 안녕하세요.

쌰싼이란 친구는 말레이시아 사람이에요. 그리고 만 9살이에요.

또 이번 주에는 야콥이라는 친구 집에 갔어요. 야콥은 독일 사람이에요. 야콥도 만 9살이고요.

이번 주에 워터 월드라는 수영장에 갔어요. 그곳에서 참 재미있었어요.

할아버지 안녕히 계세요.

2005년 10월 30일
주현 올림

Dear grandpa.

Hi, grandpa.

Sasan is Malaysian and he is 9years old.

In this week I went to Jakob's house. He is 9years old too.

This week I went to waterworld, the swimming pool. And there it was fun.

Bye! Yours sincerely.

30-10-2005

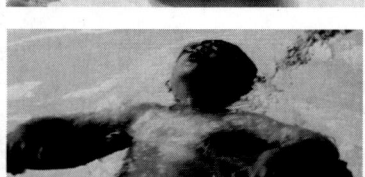

손자는 나의 면류관

보고 싶은 주현아!

가을 방학동안 어떻게 지내면서 생활했니? 아무런 생각도 없이 주현이 편한 대로만 생활하지는 않았겠지?

훌륭한 일을 하는 사람들은 어릴 때부터 일상생활의 시간을 어떻게 쓰겠다는 일과표를 만들어 놓고 그 계획대로 자기 자신을 엄격하게 다스리면서 습관이 된 사람들이라는 것을 주현이는 꼭 알아야한다.

주현이도 이다음 커서 주현이가 하고 싶은 일을 하면서 살고 싶으면 하루 24시간을 어떻게 쓰겠다는 생활 계획표를 만들어 놓고 그것을 잘 지키면서 주현이 자신이 자신을 엄격하게 다스리는 생활이 되어야 해.

이 세상에서 끈질긴 노력과 정성이 없이 이르어지는 성과는 하나도 없다는 것을 빨리 깨닫고 누가 말 안 해도 어릴 때부터 항상 자신을 엄격하게 다스리는 생활이 습관 되어야 한다는 말이야.

사람 누구에게나 하루 24시간은 똑 같이 주어지지만 어릴 때부터 하루하루 24시간을 알뜰하게 사용하는 습관을 가진 사람이 이다음에 훌륭한 일을 하면서 잘 살 수 있는 거야. 알겠지?

그렇구나! 싸싼이 만 9살인 말레시아 어린이이고, 9살

된 독일 어린이 야콥 하고도 친하게 지낸다고 하니 할아버지 기분이 좋구나. 할아버지가 물어 본 것을 잊지 않고 회답해 주어서 고맙다.

그리고 수영도 한다니 더욱 기분이 좋단다. 왜냐하면 수영은 온 몸에 아주 좋은 운동이기 때문이지. 일주일에 2~3회 정도 계속하면 아주 튼튼한 몸이 될 거야.

아무쪼록 몸을 튼튼하게 단련시키고 공부 잘 하면서 생활하기를 간절히 바라면서 이만 줄인다. 안녕!

2005. 10. 31
할아버지

할아버지 안녕하세요.

여기는 날씨가 엄청 추워요. 한국도 추워요?

요크에서는 이번 주에 가이 폭스라는 사람을 기념하는 기간이었어요.
그래서 밤마다 폭죽을 터트리는 소리가 났어요.

그리고 이번 주에 우리 학년과 3학년에서 디왈리라는 힌두 파티를
했는데 신기했어요.

할아버지 안녕히 계세요.

2005년 11월 6일

주현 올림

Dear grandpa.

Hi, grandpa. It's very cold here. what about korea?

This week was the memorial period of Guy Fawkes in
York. There were fireworks every night.

And year4 and 3 had Hindu party, diwali. It was
interesting.

Good bye! Yours sincerely.

6-11-2005

주현아!

　사랑스런 내 손자들이 마냥 그리워 보고 싶구나.

　그 곳은 몹시 추운 모양인데 기온이 몇 도나 되냐? 감기 걸리
지 않도록 조심하고 항상 건강한 생활이 되도록 주현이 스스로
가 노력하면서 열심히 공부해야 해. 알겠지!

　여기 서울은 최저 섭씨 6도에서 최고 섭씨 15도가 되는 기온
이라 아직은 추운 줄 모르겠으나 앞으로 겨울이 다가오니까 얼
마 있으면 이곳도 추워지겠지! 추운 겨울철이 다가오니 주현이
와 주헌이가 더욱 염려되는구나. 그러니 부모님 말씀 잘 따르
고 지키면서 생활해야 돼. 알겠니?

　요크의 가이 폭스라는 사람이 어떤 사람이었는데 밤에 폭죽
을 쏘면서까지 기념하고 있는지, 그리고 너의 학교 3, 4학년에
서 했다는 디왈리라는 힌두파티는 어떤 것이었는데 신기했는
지 궁금하구나. 가이 폭스라는 사람이 어떤 일을 한 사람이고
힌두 파티는 어떤 것인지 전혀 짐작을 못하겠으니 알려주면 고
맙겠다.

　아무쪼록 추운 겨울 날씨에 건강에 유의하면서 공부는 항상
꾸준하게 열심히 해야 한다.

　안녕!

2005. 11. 7
할아버지

손자는 나의 면류관

할아버지 안녕하세요.

그런데 디왈리는 초를 켜 놓고 기도를 하고 힌두교의 신 라마와 씨타를 생각하는 날이에요. 물론 다양한 음식들도 먹지요.

가이 폭스는 가톨릭을 못 믿게 한 왕을 죽이기 위해 테러를 하려고 한 사람이에요. 가이 폭스가 가톨릭 신자였기 때문에 테러를 한 거예요. 더 이상은 어려운 이야기라 못쓰겠어요.

할아버지 안녕히 계세요.

2005년 11월 13일
주현 올림

Dear grandpa.

Hi, grandpa.

Diwali is a party of Hindu. They light candles and pray and think god of Hindu, rama and Sita.

Guy Fawkes is terrorist of trying kill the king. Because Guy fawkes is a Catholic.

I can't write more.

Good bye! Yours Sincerely.

13-11-2005

영리한 주현아!

　할아버지가 모르는 것을 알려 주어서 대단히 고맙다.
　디왈리는 힌두교의 신 라마와 씨티를 생각하는 날이고
가이폭스는 가톨릭 신자인데 가톨릭을 반대하는 왕에 대
항하여 테러를 한 사람이라니 느낌이 좀 이상하구나. 어떤
종교이건 사랑과 자비를 바탕으로 사람다운 사람이 되라
고 가르치는 것인데 가이폭스는 자기가 믿는 종교를 못 믿
게 한다고 왕에게 테러를 했다니 가톨릭 종교의 가르침을
올바르게 깨닫지 못한 모양이다.
　주현이는 어떻게 생각하는지 모르지만 할아버지는 이 우
주 만상을 만드신 신이 확실히 있다고 믿고 있단다. 그 신
의 이름이 종교에 따라서 하나님, 천주님, 여호와, 알라 등
지역과 종교에 따라서 다르지만 같은 신이라고 생각하고
있지. 우주 만상의 섭리(자연계를 지배하고 있는 원리와
법칙)와 이치를 알고 보면 주현이도 알 수 있을 거야.
　그래서 사람은 신이 우주 만상을 만든 원리와 법칙대로
살아가야 하는데 그 섭리와 이치를 깨닫고 실천하는 사람
이 훌륭한 사람이 되는 것이고 큰일을 하게 되는 거란다.
그 첫 번째가 부모님과 학교 선생님의 말씀을 잘 따르고 지

키는 것이고 그렇게 한 사람들이 훌륭한 일을 하는 거란다.

주현이는 아빠, 엄마 말씀과 선생님 말씀대로 잘 하고 있다고 하더군. 암~그래야지! 그렇게 생활하면서 칭찬 많이 받는 주현이가 되어야 할아버지가 기뻐하고 주현이를 더욱 자랑스럽게 생각하고 사랑하지.

아무쪼록 건강하게 잘 지내거라. 안녕!

2005. 11. 14
할아버지

할아버지 안녕하세요.

여기는 엄청나게 추워요. 한국도 추워요?

오늘 수복이라는 동생 집에 갔어요. 어제도 갔었는데 어제 그 집 아저씨가 시계를 주셨어요. 아랍공항에서 갈아 탈 때 공짜로 얻으신 거래요.

오늘 카드를 바꿨어요. 너무너무 기분이 좋아 벙벙 뛰었어요.

할아버지 안녕히 계세요.

2005년 11월 20일
주현 올림

Dear grandpa.

Hi, grandpa.

It's very very cold here. How about korea?

Today I went to Soo-bok's house. I went there

yesterday, too. Yesterday Soo-bok's dad gave me a
watch. They have got it free of charge at Arab
airport.
  Today I swap a card with Him. I'm very happy so I
jumped and jumped.
  Bye! Yours sincerely.

20-11-2005

사랑하는 주현아!

  그 곳은 몹시 춥다니 건강 조심하거라. 추운 날씨에 밖에
서 놀면 감기 걸리기 쉽고 몸이 얼어 동상에 위험하니 몸
조심해야 한다.
  여기 서울은 초겨울 날씨라 그리 춥지는 않으나 쌀쌀한
날씨다. 섭씨 영하 1도에서 영상 9도의 날씨란다.
  그래 수복이 아저씨가 시계를 주었다니 고맙다고 인사는
했냐? 수복이라는 동생은 한국 어린이냐?

무슨 카드를 누구하고 바꾸었는데 벙벙 뛸 정도로 좋았
느냐? 주현이 마음이 얼마나 좋았으면 벙벙 뛸 정도인지
할아버지도 기분이 좋아. 그 카드를 보고 싶지만 볼 수가
없구나.

아무쪼록 즐거운 생활되면서 몸 건강히 공부 열심히 하
기를 바란다. 안녕!

2005. 11. 21
할아버지

할아버지 안녕하세요.
제가 학교에서 뮤지컬 공연 연습을 해요. 그 공연은 2월에 해요. 남자
중에 제가 제일 나이가 많고, 그 중에 제가 노래를 잘 부른다고 선생님
이 좋아하셔요. 그리고 다른 학교 학생들이 뮤지컬 하는걸 보러 와요.
할아버지 안녕히 계세요.

2005년 11월 27일
주현 올림

Dear grandpa.

Hi, grandpa.

I practice songs and dances for the musical at the school. This musical will be in February. I'm oldest boy in the group and the teacher likes me I'm good at singing.

And other school's students are coming for a watch the musical.

Bye! Yours sincerely.

27-11-2005

우리 주현이, 장하구나!

주현이가 노래도 잘 한다고 선생님으로부터 칭찬을 듣는 다니 할아버지는 기쁘고 기분이 좋구나. 할아버지는 노래 를 잘 못하지만 잘하는 노래를 들으면 기분이 좋거든. 노 래 잘하면 듣는 사람들에게 즐거움을 주니 얼마나 좋은 일이냐. 노래 공부도 남보다 더욱 열심히 하거라.

　노래뿐만 하니라 좋은 일을 남보다 잘하면 닳은 사람으로부터 사랑을 받을 수 있고 칭찬을 들으면서 즐겁게 살아갈 수 있으니 얼마나 좋은 일이냐?

　모든 것을 다 잘할 수는 없지만 주현이가 좋아하고 소질 있는 일을 남보다 열심히 노력해서 공부하면 흫날에 좋은 일을 하게 되고 또 많은 사람으로부터 칭찬 받으며 살아갈 수 있으니까.

　할아버지는 주현이와 주헌이가 몸과 마음이 건강하게 자라서 부지런하고 성실하게 살아가며 많은 사람으로부터 사랑받는 사람이 되기를 항상 바라고 기원하고 있단다.

　아빠 엄마 말씀 잘 지키면서 건강하게 잘 지내거라. 안녕!

2005. 11. 28
할아버지

할아버지 안녕하세요.

오늘 빔바이네 집에 수복이랑 같이 가서 놀았어요. 그리고서 빔바이랑, 수복이랑, 소피랑, 저랑 같이 밖에서 놀았어요.

어제는 학교에서 크리스마스 장터를 했어요. 거기에 엄마랑 주헌이랑 친구들 모두 다 왔어요. 거기서 재미있게 놀았어요.

할아버지 안녕히 계세요.

2005년 12월 04일
주헌 올림

Dear grandpa.

Hi, grandpa.

Today I played Vimby's house with Subok. And then Vimby, Subok, SopHi,e and me played outside.

There was christmas fair Yesterday. MY mom, Jooheon and my friends came. I played fun.

Bye! Yours sincerely.

04. Dec. 2005

사랑하는 주현아!

할아버지는 너희들이 보고 싶을 때면 컴퓨터에 저장되어 있는 사진들을 보고 또 보고 자주 보며 웃음 짓고 있단다. 그리고 할아버지 책상 위에는 주현이가 영국에서 찍어 보내준 웃는 모습의 너의 독사진이 놓여 있어서 항상 보고 있기도 하지.

그래 지난주에는 빔바이랑 수복이랑 소피랑 재미있게 사이좋게 놀았다니 기분이 좋구나.

소피라는 어린이는 몇 살 되는 어느 나라 사람이냐? 아무쪼록 여러 외국 어린이들과 재미있게 놀면서 많은 것을 배워 영리한 사람으로 성장하여 칭찬 많이 받는 사람 되기를 바란다.

오늘 12월 5일은 주현이의 증조할머니 제삿날이다. 그러니까 할아버지의 어머니가 1967년 12월 6일 오후 8시 30분에 강원도 방산 산골에서 세상을 떠나셨으니까 오늘 저녁에 주현이 할머니랑 같이 제사 지낼 거야. 주현이는 영국에 있지만 증조할머니를 위하여 명복을 비는 기도를 드리면 좋지.

할아버지는 주현이 나이(9살)때부터 한국 전쟁 중에도 아빠 없이 엄마하고만 살았거든. 그래서 할아버지는 온갖 고생만 하시다가 세상을 떠나신 주현이의 증조할머니를 항상 애모하며 그리워하고 있단다.

요즘 세상에도 아빠도 엄마도 없이 사는 어린이들이 많이 있다는 TV뉴스를 보고 할아버지는 마음이 매우 아팠단다.

주현이는 아빠, 엄마와 같이 살고 있다는 것을 늘 고맙게 여기고 생활하면 자동적으로 아빠, 엄마 말씀을 잘 따르게 되고 그러다 보면 칭찬 많이 받는 사람이 되는 거야.

주현이는 영리하니 잘 하고 있으리라 믿고 있단다.

몸 건강히 잘 지내거라. 안녕!

2005. 12. 5
할아버지

할아버지, 안녕하세요.

이번 주 화요일이 마지막 수영 수업이었어요. 그리고 저희 반 아이들 거의 다 수영 상장을 받을 거예요.

다음 주 토요일에 제 생일 파티를 할 거예요. 저는 기대가 되네요.

이번 주에 스도쿠라는 책을 영국 이네 아주머니한테 받았어요.

할아버지 안녕히 계세요.

2005년 12월 11일
주현 올림

Dear grandpa.

Hi, grandpa.

This Tuesday was last swimming class. And my classmates will have badges.

Next Saturday I'll have a party.

This week I was given a book about sudoku from young-kook's mum.

Bye! Yours Sincerely.

11-12-2005

화이팅! 이주현

오늘 서울 날씨는 무척 추워 영하 섭씨 10도 가까이 된단다. 그곳의 날씨는 어떤지? 추운 겨울철에 건강관리 잘 하거라.

할아버지는 주현이가 보내주는 메일을 받아볼 수 있는 매주 월요일을 기다리고 있고 매번 반갑고 즐겁게 읽어 보곤 한단다. 주마다 소식을 전해 주니 주현아! 대단히 고맙다!

그곳은 겨울에도 수영을 하는지? 주현이가 수영 상장을 받는다니 우리 손자 장하구나.

토요일 주현이 생일 파티는 어디서 누가 해주는지? 주현이를 세상에 태어나게 하고 길러 주시는 아빠와 엄마에게 항상 고마운 마음을 간직하고 살아야 한다. 고마운 마음을 가지고 생활하면 항상 주현에게 좋은 일이 생기지만 고마움을 모르면 주현에게 좋은 일이 생기지 않으니까 말하는 거야.

스도쿠라는 책은 다 읽어 보았는지? 내용이 무엇인지 알려 주렴!

아무쪼록 추운 겨울에 건강하게 잘 자라면서 공부 잘 하거라! 안녕!

2005. 12. 12
할아버지

할아버지 안녕하세요.

여기는 최저기온이 영하 5도로 내려간 적도 있어요.

어제 제 생일파티를 했어요. 엄마 아빠가 주신 생일선물은 해리포터 1편, 2편, 4편을 받았어요. 수복이가 준 선물은 비타민제 예요.

그리고 그날 크리스마스 연극을 했어요. 다음 주 화요일에 방학식을 해요.

할아버지 안녕히 계세요.

2005년 12월 18일
주현올림

Dear grandpa.

Hi, grandpa.

The lowest temperature has ever fallen to 5 degrees below zero here.

Yesterday was my birthday party. Mom and dad gave me Harry Potter 1, 2, 4. Subok's gift was a vitamin compound.

And that day there was x-mas assembly.

From Next Wednesday holiday will start.

Bye! Yours Sincerely.

18-12-2005

보고 싶은 주현아!

서울은 대단히 추워서 한강 물이 얼었단다. 그곳은 여기보다 춥지는 않겠지만 겨울철이니까 춥기는 마찬가지겠지? 항상 몸 조심해야한다.

그래 너의 생일을 기념하여 엄마가 파티를 열어 주셨다니 얼마나 좋으냐? 그러니 부모님에게 항상 감사한 마음

을 가지고 부모님 말씀을 잘 따르면 주현에게 많은 복이 올 거야. 훌륭한 사람들은 다 부모님 말씀을 잘 따르던 사람이거든.

주현이가 이 세상에 태어나는 날 오후 1시경에는 우리나라 전체가 진동을 느낄 정도로 4.5의 지진이 있었단다. 이 진동은 장차 훌륭한 일을 하게 될 주현이가 태어났음을 세상에 알리는 신호라고 할아버지는 생각하고 있단다.

항상 부모님 말씀 잘 따르고 건강하게 자라면서 열심히 공부하여 이다음 주현이가 어른이 되면 아빠보다 더 훌륭한 일을 하도록 남보다 더 꾸준히 노력해야 한다. 알겠지!

건강히 잘 지내거라. 안녕!

2005. 12. 19
할아버지

할아버지 안녕하세요.

어제는 집에서 크리스마스 파티를 했어요. 거기서 산타 할아버지가 아빠, 엄마께 선물을 주셔서 우리에게 주신 거예요. 주헌이 선물은 큰 자동차 하나와 작은 자동차 하나, 제 선물은 자동차 길이에요.

할아버지 안녕히 계세요.

2005년 12월 25일
주헌 올림

Dear grandpa.

Hi, grandpa.

Yesterday we did Christmas party at home

Santa gave presents to dad and mom and they gave those presents to us.

Jooheon's present is big car and small car,

My present is car road.

Bye! Yours sincerely.

25-12-2005

주현이는 좋겠다.

아빠, 엄마가 생일 파티도 해주시고 크리스마스 파티도 하고 선물까지 받았으니 얼마나 좋으냐? 주현이는 엄마 생일(음력 11월 27일)에 무엇을 해드렸냐? 주현이가 부모님에게 선물할 수 있는 것은 잘 하는 노래를 불러드리는 것도 있고 카드를 만들어서 주현이의 마음을 전해드리는 방법도 있지. 그러나 주현이 나이에 무엇보다 더 좋은 것은 건강하면서 부모님 말씀 잘 따르고 공부 잘 하는 것이란다.

그리고 방학 동안에 좋은 책들을 읽어보고 지혜로운 지식을 많이 터득하면 영리하고 현명한 사람이 된단다.

아무쪼록 방학기간 알뜰하고 보람 있는 생활이기를 바란다.

건강히 잘 지내거라. 안녕!

2005. 12. 26
할아버지

할아버지 안녕하세요.

오늘 윗비라는 곳에 가서 바닷가도 보고 사진도 찍었어요. 윗비를 자동차로 가는 동안 엄청 재미있었어요. 왜냐하면 오르막길 가다가 내리막길로 가고 그렇게 반복이 되었어요.

그런데 여기는 겨울방학이 한국 보다 짧아요. 1월 4일에 개학을 하거든요.

새해 복 많이 받으세요. 그리고 오래오래 건강하게 사세요.

할아버지 안녕히 계세요.

2006년 1월 1일
주현 올림

Dear grandpa.

Hi, grandpa.

I went to whitby today. I saw a sea side and we took some pictures. While I went whitby by a car it was so fun. Because there were uphill roads and downhill roads and they were repeated.

By the way winter holiday here is shorter than Korea. School will reopen on January the 4th.

Happy new year and I wish you are healthy.

Bye! Yours sincerely.

1-1-2006

사랑하는 주현아!

윗비라는 곳을 가면서 엄청 재미있었다니 할아버지도 기분이 좋구나.

주현이도 주현이가 사랑하는 사람이 좋아하는 것을 보면 기분이 좋다는 것을 알고 있겠지? 그러니까 주현이는 아빠, 엄마를 존경하고 사랑하니까 항상 아빠, 엄마를 기쁘게 하면서 생활해야 한다는 것을 잊지 마라. 그런 습관으로 생활하면 주현이가 어른이 되어서는 모든 사람이 주현이를 사랑하게 되고 훌륭한 일을 하게 될 수 있는 거란다.

1월 4일 개학을 한다니 영국 초등학교 겨울방학은 너무 짧구나. 그래 방학기간은 알차게 보냈다고 생각하느냐? 누구에게나 하루 24시간이 똑 같이 주어지지만 어릴 때부터 시간을 알차게 쓰는 사람이 어른이 되면 하고 싶은 일을 할 수 있는 거야. 조금이라도 시간을 헛되이 보내지 말고 알차게 아껴 쓰는 습관을 갖도록 생활하기 바란다.

몸 건강히 열심히 공부하면서 잘 지내거라. 안녕!

2006. 1. 2
할아버지

할아버지 안녕하세요.

3일 전에 막내 이모가 〈찰리와 초콜릿공장〉이라는 책을 보내주셨어요. 오늘 168쪽까지 읽었어요. 원래 192쪽 짜리 책인데 24쪽만 더 읽으면 끝이잖아요.

그리고 어제 수복이랑 레고 부품을 바꿔서 바이오니클을 만들었어요.

할아버지 안녕히 계세요.

2005년 1월 8일
주현 올림

Dear grandpa.

Hi, grandpa.

3 days ago aunt sent me a book called 〈chalie and chocolate factory〉 I read it to 168page whole pages are 192 I have to read 24pages more.

And yesterday I swaped lego with subok and I made a bionicle.

Bye! Yours sincerely.

8-1-2006

주현아! 감사할 줄 알아야 한다.

막내 이모가 〈찰리와 초콜릿 공장〉이란 책을 보내주시어 잘 읽어 보았다는데, 그래 주현이는 막내 이모에게 고맙다는 편지나 E-mail를 보내드렸는지 궁금하구나. 막내 이모가 주현이를 사랑하는 마음으로 책을 보냈을 텐데 읽어 보고 난 느낌과 더불어 고마움의 인사는 드렸는지? 사람이 고마움을 모르면 올 수 있는 복도 안 오게 되니까 항상 고마움에 대한 답례를 드리는 습관을 가져야 한다.

수복이랑 레고 부품을 바꾸어 바이오니클을 만들었다는데 레고는 무엇이고 바이오니클은 무엇인지 도르지만, 주현이는 3살 어릴 적부터 무엇이든 잘 만들고 좋아하는 것을 할아버지 잘 알고 있단다.

항상 시간을 알차게 쓰고 재미있는 생활이 되면서 건강하게 잘 지내기를 바란다. 안녕!

2006. 1. 9
할아버지

할아버지 안녕하세요.

지난주부터 오늘까지 책 5권을 읽었어요. 읽은 책들은 〈찰리와 초콜릿 공장〉, 〈떡볶이 따라 몸 속 구경〉, 〈일기 감추는 날〉, 〈타이타닉에 대하여〉, 〈나니아 4편〉이에요.

그리고 오늘 종이와 플라스틱으로 새 총을 만들었어요.

할아버지 안녕히 계세요.

2006년 1월 15일
주현 올림

Dear grandpa.

Hello, grandpa.

A week ago I read 5 books. And they are called 〈Chalie and the chocolate factory〉, 〈follow the ddukboggie and watching inside our body〉, 〈Hiding diary day〉, 〈All about titanic〉, and 〈Narnia 4th〉.

And I made a new gun with paper and plastic.

Bye. Yours sincerely.

15-1-2006

장하다! 이주현

　지난주에 다섯 권의 책을 읽었다니 장하구나. 그래 책을
읽고 난 후 깨우치고 배운 것이 무엇이냐? 한 권의 책을
보았더라도 깨달음의 배움이 있어야 하고 그것을 생활화
할 수 있어야 훌륭한 사람이 된단다. 좋은 책은 사람에게
좋은 지혜를 얻게 해주니까 좋은 책 읽기를 즐기면 많은
것을 깨닫게 되니 아무쪼록 좋은 책 읽기를 즐기거라.
　안녕 !

2006. 1. 16
할아버지

할아버지 안녕하세요.

지난주에 읽은 책들 중에서 〈떡볶이 따라 몸 속 구경〉과 〈타이타닉에 대하여〉는 정보에 관한 책인데 제가 모르던 사실을 알게 되어서 재미있었어요. 〈일기 감추는 날〉과 〈찰리와 초콜릿공장〉이라는 책을 읽고 부모님 말씀을 잘 들어야겠다고 생각했어요. 왜냐하면 착한 사람이 나중에 큰 복을 받거든요. 나니아 4편은 싸싼이 빌려준 2편을 다 읽고 나서 느낀 점을 말씀 드릴게요.

추운 날씨에 건강하시고 안녕히 계세요.

2006년 1월 22일
주현 올림

Dear grandpa.

Hi, grandpa.

Among the books which I read last week 〈Follow the ddukboggie and watcHi,ng inside our body〉 and 〈All about titanic〉 are information books. They are interesting because I can get new information, After reading 〈Chalie and the chocolate factory〉 and 〈Hiding diary day〉, I thought I will obey my parents. Because kind person will get big luck in the end I will tell you about 〈Narnia 4〉 after reading 〈Narnia 2〉. I borrowed it from Sasan last Tuesday.

In this cold weather take care!

Bye! Yours sincerely.

22-01-2006

영리하구나! 우리 손자 이주현

책을 읽어보고 부모님 말씀 잘 따르고 착한 사람이 되면 큰 복을 받는다고 깨달았으니 영리하고 기특하구나.

큰 복을 받는다는 것은 훌륭한 일을 한다는 의미야. 사람은 다 똑같아 보여도 사람이 생각하고 생활하는 모습에 따라 차이가 많지. 사람은 영특한 사람, 영리한 사람, 보통사람, 미련한 사람으로 나눌 수가 있단다.

영특한 사람은 자연의 이치를 스스로 깨우쳐 생활하는 현명하고 지혜로운 사람이고 영리한 사람은 부모님과 선생님의 가르침을 잘 따르고 실천하는 사람이란다. 그리고 보통사람은 평범하고, 미련한 사람은 부모, 선생님의 가르침을 따르지 않고 자기 좋을 대로만 하고 제멋대로 사는 사람이지.

영특한 사람은 만인에게 기쁨을 주며 존경을 받고 죽어서는 세상에 이름을 남기고 영리한 사람은 자기의 책임과 역할을 훌륭히 수행하며 인간사회에 이바지하는 사람이고, 미련한 사람은 실패만 거듭하다가 늙어서는 초라하게 되는 사람이란다.

주현이는 부모님과 선생님의 가르침을 잘 따르고 실천하
는 사람이니 영리하다는 거야. 영리한 사람은 생활여건을
탓하지 않고 자기 할일을 스스로 해결하는 책임감이 강한
사람이니 주현이도 그렇게 하고 있으리라 믿는다.

　　아무쪼록 많이 배우고 깨달아서 훌륭한 일꾼이 되는 사
람으로 성장하기를 간절히 바라마.

　　부모님 잘 모시고 잘 지내거라. 안녕!

2006. 1. 23
할아버지

　할아버지 안녕하세요.

　할아버지 저 뮤지컬 연습을 하는 데요, 노래를 다 외웠어요. 공연이
기대가 되요.

　금요일에 설날파티를 했는데 재미있었어요. 팀이 8개였고 우리가 3
등 했어요.

　그리고 요즘 엄마랑 영어책도 제대로 읽고 있어요.

　할아버지 안녕히 계세요.

2006. 1. 29
주현 올림

Dear grandpa.

Hi, grandpa.

grandpa! I Sing a lots of Songs for the musical. I learn them all by heart. I'm really looking forward to my performance.

Last Friday we had new Year's party. It was fun there were 8 teams and our Team went 3rd I'm reading books thoroughly with mom.

Bye! Yours Sincerely.

29-1-2006

주현아! 꾸준히 노력해라!

재미있게 생활하면서 영어 책도 엄마랑 제대로 읽어 본다니 할아버지도 기분이 좋구나.

그래 설 파티는 어디에서 했는지 모르지만 8개 팀 중에 3등을 했다니 잘 했구나. 노래 연습도 열심히 하여 다 외웠다니 장하다.

주현이가 좋아하는 분야에 계속 꾸준히 노력하면 남들보다 더 잘 할 수 있는 거야. 축구 선수 박주영은 초등학교 시절부터 축구가 좋아서 남다르게 꾸준히 노력했기에 지금 20세에 세계적인 선수라고 우리나라에서 제일 알아주고 인기가 대단하거든. 박지성선수도 마찬가지고.

　세상에서 저절로 잘 되는 일은 없으니까 주현이도 주현이가 좋아하는 분야에 어려움이 닥쳐도 계속해서 꾸준히 노력하라는 거야. 놀기만 좋아서 시간을 헛되이 보내며 생활하면 다음에 커서 초라한 생활을 피할 수가 없거든.

　아무쪼록 건강관리 잘 하면서 주현이가 할 일은 꼭 하는 책임감이 강한 사람이 되기 바란다. 안녕!

2006. 1. 30
할아버지

할아버지 저 오늘 아파서 메일을 길게 못 쓰겠어요.
다음 주에는 빨리 나아서 제대로 쓸게요.
할아버지도 건강하세요.

2006. 2. 5
주현 올림

사랑하는 내 손자 주현아!

아프다고 하니 할아버지가 무척 걱정된다. 엄마가 그곳에 독감이 유행하여 주현이도 독감에 걸렸다고 하던데 몸이 괴로우니 마음도 괴롭겠구나. 그러니까 항상 주현이의 주변을 깨끗하게 하여 나쁜 병균들이 주현에게 오지 못하도록 해야 한다.

나가서 활동하다가 집에 오면 손발을 깨끗하게 씻고 주현이가 생활하는 곳은 정리 정돈 청소를 하여 항상 청결한 상태를 유지하는 습관을 들여야 해! 덮고 자는 이불이나 베개는 물론 책상 서랍, 침대 밑에 까지도 항상 깨끗하게 해야 나쁜 병균들이 머물지 않는단다.

너저분하고 불결하여 먼지가 있는 곳은 항상 병균이 찾아와 그 병균이 사람이 숨을 쉬면 코로 입으로 침입하여 몸이 아픈 거란다.

사람이 건강을 잃으면 아무것도 소용이 없으니 사람에게는 건강이 제일 중요한 것이야. 그러니 주현이 몸과 주변 환경을 깨끗하게 하는 습관을 드리고 규칙적인 생활이 되도록 노력해라.

주현이가 빨리 회복하여 건강하게 되기를 할아버지가 간절히 기도드린다. 안녕!

2006. 2. 6
할아버지

할아버지 안녕하세요.

지난주에 감기가 심했는데 지금은 괜찮아요. 1주일 내내 결석하는 친구도 있었지만 저는 한 번도 결석을 안 했어요. 금요일 밤부터 귀가 아파서 진통제를 먹었어요. 내일 병원에 갈 생각이에요. 몸이 아프지 않았으면 좋겠어요.

할아버지도 건강하시고 안녕히 계세요.

2006년 2월 12일
주현 올림

Dear grandpa.
Hi, grandpa.

I was sick last week but now I'm ok. There was a friend who didn't come to school whole week. But I didn't absent one day. I've got earache from Friday night.

I took a painkiller. I'm going to See the doctor
tomorrow. I wish I'm not Sick. I wish you are healthy.
Bye! Yours Sincerely.

12-2-2006

주현아! 건강관리 잘 하거라.

아직도 감기 기운이 남아 있어 귀가 아픈 모양이구나. 감기와 비만은 모든 병의 원인이 되는 것이니까 소홀히 하지 말고 몸과 환경을 늘 청결하게 유지하는 것을 잊지 말고 생활해야 돼.

모든 병균은 입, 코, 피부로 접근하여 사람을 괴롭게 하는 것이니까 몸은 항상 깨끗이 하고 (특히 손과 발)생활하는 주위환경은 늘 청결하게 유지하는 습관을 갖도록 해라. 음식은 몸에 합당한 것만 가려서 때에 맞도록 먹고 규칙적인 생활과 운동을 해야 돼. 할아버지가 또 부탁하니 꼭 실천하거라.

몸이 아프면 의욕이 떨어져 정상적인 생활이 안 되는데 주현이는 학교엘 다녔다니 대단히 장하고 대견하군. 주현이도 아빠처럼 책임감이 강하고나. 암~그래야지.

　책임감이 강하여 자기가 할 일은 꼭 하는 사람이라야 훌륭한 일을 할 수 있는 것이니 훌륭한 사람들은 어떤 생각으로 어떻게 생활하면서 자랐는지 주현이 스스로 연구해 보기를 바라면서 오늘은 이만 줄인다. 잘 지내거라. 안녕!

2006. 2. 13
할아버지

할아버지 안녕하세요.
방학이 시작 됐어요.
어제 해가 쨍쨍해서 영국이, 영은이 누나, 나와 주현이랑 밖에서 한참 뛰어 놀았어요. 멀리 뛰기도 하고 멀리 신발 던지기도 했어요. 모래 밖으로 나가면 실격이에요. 하늘만큼 땅만큼 재미있었어요.
할아버지 안녕히 계세요.

2006년 2월 19일
주현 올림

Dear grandpa.
Hi, grandpa.
The holiday is started.

Yesterday the sun was shining. So I played outside
with Young-kook, Young-eun and Jooheon for a long
time. I did long jump and shoe-throwing. If t goes out
of sand, you are fail. It was very very fun.
Bye! Yours sincerely.

19-2-2006

보고 싶다, 주현아!

 영국 초등학교에서는 방학을 자주하는구나. 1년에 몇 번
이나 하고 기간은 얼마나 되는지 알려 주면 좋겠다.
 영은이 누나랑 주현이랑 하늘만큼 땅 만큼 재미나게 놀
았다니 할아버지가 기뻐서 하 하 ~ 하고 웃음 지었단다.
동생이 벌써 형이랑 같이 놀 수 있다니 더욱 기쁘다. 주현
이가 그 만큼 컸다는 것이니 얼마나 좋으냐! 동생을 잘 보
살피면서 잘 따르도록 형인 주현이가 무엇이든 모범적으
로 잘 해야 한다는 것은 알고 있지?

그래 감기 기침은 안 하고 건강하냐?

아무쪼록 학교생활과 공부도 하늘만큼 땅만큼 재미나게 하면서 잘 지내기를 바란다.

잘 지내거라. 안녕!

2006. 2. 20
할아버지

할아버지 안녕하세요.

2006년 2월 23일 목요일에 뮤지컬을 했어요. 우리 학교 음악 선생님이 저에게 말했어요.

"너는 아름다운 목소리를 가지고 있다. 그런데 미안하다 너를 독창으로 못 뽑아서!"

그리고 오늘이 방학의 마지막 날이에요. 그리고 그 뮤지컬을 잊지 않을 거예요.

할아버지 안녕히 계세요.

2006년 2월 26일
주현 올림

손자는 나의 면류관

Dear grandpa.

Hi, grandpa.

On Thursday 23rd February 2006 there was a musical. Our school music teacher said to me, "You have beautiful voice. I'm sorry I didn't mention you to be a solo"

And today is the last day of holiday. I'll never forget the musical.

Bye! Yours sincerely.

26-2-2006

자랑스러운 주현아!

뮤지컬 공연을 잘 했다고 하니 대견하고 자랑스러워 매우 기쁘구나. 그런데 아름다운 목소리를 갖고 있다는 선생님의 말씀을 듣고 주현이는 어떤 생각을 했을까? 할아버지는 한 번도 아름다운 목소리라고 들어 본적이 없어 주현이가 부럽고 자랑스럽군. 아름다운 목소리로 노래 연습을 즐겨하면 주현이의 장기가 될 터이니 꾸준히 노래 연습하면 어떨까? 기타를 치면서 노래하면 더 멋있잖니?

하여튼 주현이가 관심 있고 잘 할 수 있는 분야에 쉬지 않고 꾸준히 공부하고 연습하면 그 뜻이 이루어지는 것이니 스스로 줄기차게 끊임없이 노력하기를 바란다.

오늘은 3·1절을 경축하는 날!

우리 조상들이 일본의 억압으로부터 민족의 독립과 해방을 위하여 1919년 3월 1일 온 국민이 하나 되어 태극기를 들고 대한 독립 만세를 부르짖던 날이다. 우리 민족은 잘못도 없이 왜 일본에게 억압을 받았을까? 그것은 우리나라가 일본보다 힘과 실력이 없었으니 일본이 얕보고 온갖 억압으로 못 살게 했었지.

그러니 개인이나 가정이나 국가나 힘과 실력을 길러야 하는 데 그것을 주현이는 어떻게 길러야 하는 것인지 주현이 생각을 다음 E-mail로 답해 주기 바란다. 꼭 해답을 바라면서 이만 줄인다.

잘 지내거라. 안녕!

2006. 3. 1
할아버지

할아버지 안녕하세요.

제가 생각하기엔 일본이 우리나라의 귀중한 물건들을 뺏어 갈려고 우리나라에 와서 사람을 죽이고 전쟁을 하려고 한 것 같아요. 저는 모든 나라가 친했으면 좋겠어요.

그리고 실력을 키우려면 많이 생각하고 열심히 공부하고 책을 많이 읽어야 될 것 같아요.

할아버지 안녕히 계세요.

2006년 3월 5일
주현 올림

Dear grandpa.

Hi, grandpa.

I think Japan wanted to steel korea's precious things and they came and kill people and started a war. I wish all the countries were friendly.

So to be a respectable person, I have to think more and read many books and study hard.

Bye! Yours sincerely.

5-3-2006

훌륭한 대답이다.

주현이가 대단히 훌륭한 정답을 알고 있군. 실력과 힘을 기르는 길은 초등학생 시절부터 대학교까지는 딴 생각하지 않고 건강관리와 부모님, 선생님 말씀을 잘 지키면서 책을 많이 보고 열심히 공부하는 것이지.

훌륭하게 된 사람들은 다 어릴 적부터 자기가 좋아하는 분야에 꾸준히 공부하고 노력한 사람들이니까. 나이 들어 공부하려고 하면 머리에 잘 안 들어가거든.

주현이의 답변이 아주 훌륭한 답변이라 할아버지는 매우 흡족하여 대단히 기뻐서 환한 미소를 진단다.

아무쪼록 주현이의 답변대로 꾸준히 노력하기를 바란다. 건강하게 잘 지내거라. 안녕!

2006. 3. 6
할아버지

할아버지 안녕하세요.

지난 주 월요일에 엄마, 나, 레나타 아줌마, 닉과 '나니아'라는 영화를 함께 보았어요. 그 아줌마가 후크라는 영화 DVD를 빌려 주셨는데 나니아랑 후크랑 다 재미있게 봤어요. 후크라는 영화는 피터 팬이 어른이 되어서 벌어지는 이야기예요. 그래서 우리 집에 있는 피터팬 책을 읽었어요.

할아버지 안녕히 계세요.

2006년 3월 12일
주현 올림

Dear grandpa.

Hi, grandpa.

Last Monday my mother, me, my mother's friend Renata and nick saw a film called narnia. Renata lent us a film called the hook and I enhoyed it. The story of hook start when Peter Pan went older. Then I read a book called Peter Pan that I have.

Bye! Yours sincerely.

12-3-2006

사랑하는 주현아!

할아버지는 오늘(3월 13일) 미국 애너하임에서 하는 한국 대표 선수와 멕시코 대표 선수들의 야구경기를 TV로 보았단다. 시합 결과는 기분 좋게 한국이 2대 1로 승리했지. 홈런을 잘 치는 이승엽 선수의 홈런 한방으로 멕시코를 이겼는데 이승엽 선수는 어릴 적부터 부모님 말씀 잘 지키는 아주 효자라고 소문이 난 선수란다.

그래 지난 주 월요일에 영화도 보고 책도 재미있게 읽어 보았다니 여가를 잘 쓰고 있구나. 그런데 영화와 책을 보고 무엇을 느끼고 깨달았는지 할아버지는 그것이 제일 궁금하단다. 깨달음이 없이 재미로만 보았다면 아무 소용이 없지 않았을까?

사랑하는 주현아!

시간을 잘 사용하면서 꾸준히 노력하는 사람이 어른이 되면 훌륭한 일을 할 수 있다는 것을 잊지 마라.

건강하게 잘 지내거라. 안녕!

2006. 3. 13
할아버지

할아버지 안녕하세요.

이번 주 목요일에 우리 반이 연극을 했어요. 연극의 제목은 '셰익스피어의 한여름 밤의 꿈' 이었어요. 저는 데미트리어스 역을 맡았어요. 집에 셰익스피어 4대 비극 5대 희극 이라는 책이 있어서 그 책을 이미 읽어서 내용을 잘 알고 있었어요. 연극하는 동안 사람들이 많이 웃었어요. 재미있는 연극이었어요.

할아버지 안녕히 계세요.

2005년 3월 19일
주현 올림

Dear grandpa.
Hi, grandpa.
Last Thursday we had our class assembly. It was 'Shakepeare's midsummer nights dream' and my part was Demetrius. I have a book called Shakespeare's 4 tragedies and 5 comedies. I read it already so I knew it well. During the assembly people laughed a lot. It was really interesting assembly.
Bye! Yours sincerely.

19-3-2006

보고 싶은 주현아!

우리 손자 이주현 대단히 자랑스럽고 장하구나.

세계적인 문호 셰익스피어의 작품인 4대 비극과 5대 희극을 벌써 다 읽었다니 말이다. 거기다가 '한 여름 밤의 꿈' 이란 연극에서 데미트리어스의 역을 맡아 했다니 대단하구나. 연극을 보는 관람객들이 많이 웃었다고 하니 연극을 아주 잘 한 모양이지?

우리 손자 이주현!

대단히 자랑스럽고 대견하여 매우 보고 싶다. 아무쪼록 건강하게 자라면서 관심 있는 분야를 깊이 연구하고 열심히 배우고 익혀라. 안녕!

2006. 3. 20
할아버지

할아버지 안녕하세요.

저 오늘 베니스로 가요. 기분이 좋아요. 그래서 오전에 메일 쓰는 거예요. 갔다가 월요일에 돌아와요.

요즘 제가 영어책을 매일 21쪽씩 읽고 있어요. 지금은 〈해리포터와 불의 잔〉을 읽고 있어요.

할아버지 안녕히 계세요.

2006년 3월 25일
주현 올림

Dear grandpa.

Hi, grandpa.

I'm going to Venice so I'm happy. We're off today afternoon so I'm writting it now.

I'm comming back on Monday. And I'm reacing English book 21 pages a day. I'm reading 〈harry potter and the goblet of fire〉 now.

Bye! Yours sincerely.

25-3-2006

사랑하는 우리 손자 주현아!

베니스 여행은 잘 다녀왔느냐? 아빠는 할아버지와 여행을 한 번도 간적이 없었는데 주현이는 아빠와 자주 여행을 하니 얼마나 좋으냐?

아빠가 여행을 통하여 주현에게 많이 보여주어 주현이가 스스로 많이 배우고 깨닫기 바라실 거야. 그러니 주현이가 잘 해야 한다. 알겠지?

그래서 훌륭한 사람(대인)과 시시한 사람(소인)의 성품과 생활 습관을 적어 보낸다. 잘 읽어보고 주현이도 훌륭한 대인이 되는 생활이어야 해!

大人과 小人

대인은 실수를 했을 때 잘못했다고 겸손하게 말하며 반성하지만
소인은 실수를 했을 때 너 때문이라고 탓하며 자만합니다.

대인의 입에는 항상 정직이 가득하여 진실하지만
소인의 입에는 늘 핑계가 가득하여 진실성이 없습니다.

손자는 나의 면류관

대인은 예와 아니오를 분명히 말하며 언행이 바르지만
소인은 예와 아니오를 대충 말하며 신뢰성이 없습니다.

대인은 자신의 잘못을 어린 사람에게도 사과할 줄 알지만
소인은 자신이 잘못하고도 어른에게도 고개를 숙이지 못합니다.

대인은 일을 열심히 하면서도 좋지 않은 결과에 책임을 지지만
소인은 일을 게을리 하면서도 좋지 않은 결과에는 책임을 피합니다.

대인은 어떤 일이든 공정하게 판단하고 정의의 길을 택하여 행하지만
소인은 자기에게 이득이 되고 편한 일만 합니다.

  잘 지내거라. 안녕!

2006. 3. 27
할아버지

할아버지 안녕하세요.

오늘 루벤이라는 친구의 생일파티에 갔는데 정말 재미있었어요. 무엇을 했느냐 하면요 볼링과 게임을 했어요.

또 어제는 빔바이의 생일파티에 갔어요. 어제가 빔바이의 생일인줄도 몰라서 오늘 선물을 줬어요.

안녕히 계세요.

2006년 4월 2일
주현 올림

Dear grandpa.

Hi, grandpa.

Today I went to my friend, Ruben's birthday party.

It was really really really fun. What I did is a game of bowling and games.

And yesterday was Vimby's birthday party.

I didn't know yesterday was his birthday.

So I gave him a present today.

Bye! Yours sincerely.

2-4-2006

주현아! 보고 싶다.

할아버지는 지난달부터 치아 때문에 병원에 다니면서 치료 받고 있단다. 이가 아프니까 음식물 섭취가 고통스러워 요즘 힘들게 지나고 있지만 잘 있으니 걱정하지 마라.

주현이는 치아관리를 어릴 때부터 잘 해라. 이가 아프면 맛있는 것도 먹기가 힘들어.

그래 빔바이랑 루밴이랑 사이좋게 지나는 모양이구나. 친구들 생일파티에 참석하여 재미있게 놀고 선물도 했다니 말이다. 사이좋은 친구를 많이 만들면 좋지.

한국에 돌아와서도 잊지 않고 소식을 전해 주고받을 수 있는 좋은 친구를 많이 사귀거라.

한국은 요즈음 미국의 풋볼 영웅 하인스 워드와 한국 사람인 그의 어머니 김영희 여사에 대한 TV뉴스가 매일 나온단다. 하인스 워드가 자기 부인과 아들을 미국에 남겨두고 어머니만을 위하여 효도 관광차 고향인 한국에 왔는데 가는 곳마다 사람들이 구름같이 몰려들어 관광을 제대로 못할 지경이라고 제주도 관광을 취소했단다. 하인스 워드는 홀어머니 밑에서 고생하며 자랐지만 항상 어머니의 가르침을 잊지 않고 생활했다는구나.

그래서 그 가르침의 내용을 주현에게 알리니 주현이도 그리하면 훌륭하게 될 거라는 확신을 갖고 실행해 봐.

* 언제나 겸손하고 최선을 다하여 꾸준히 노력하면 이루지 못할 것이 없다.
* 남에게 의존하지 말고 직접 스스로 이루어 나가 거라.

하인스 워드는 어머니가 영어도 못하면서 미국에서 별별 고생을 하며 생활한 것을 어릴 때는 몰랐는데 청소년 시절 부터 깨닫고 지금은 어머니가 자기 인생의 전부라고 생각하며 극진히 어머니를 모시고 있단다. 대단한 효자 아니냐?

주현이도 이렇게 훌륭한 사람이 되고 싶다면 아빠, 엄마 말씀 잘 따르고 생활해야 하나님이 주현이의 뜻을 이루도록 도와주신다는 것을 알아야 해. 그래서 "하늘은 스스로 돕는 자를 돕는다"라고 한단다.

몸성히 잘 지내거라. 안녕!

2006. 4. 8
할아버지

할아버지 안녕하세요.

부활절 방학이 시작됐어요. 부활절은 예수님이 다시 부활하신 날이에요. 그래서 저는 학교에서 부활절에 대한 이야기를 썼고, 계란에 색칠했어요.

내일부터 수영을 배우러 가요. 방학 동안 하는 거예요.

베니스에서 찍은 사진도 보내드릴게요.

할아버지 안녕히 계세요.

2006년 4월 9일
주현 올림

Dear grandpa.

Hi, grandpa.

The easter holiday is started. Easter is the day when Jesus became alive.

I wrote a short story about easter and I painted colors on an egg at shool.

I'm going to go swimming tomorrow. I'm going to learn how to swim during tHi,s holiday.

I'll send you photographs that we took in Venice.

Bye! Yours sincerely.

9-4-2006

사랑하는 주현아!

보내준 사진과 메일 잘 보았다.
부활절 방학이라니 영국은 방학이 많구나. 그래 방학 동안에 무엇을 하고 지내냐?
어제 병원에 가면서 거리에서 유성민이를 보았지.
할아버지를 알아보고 "안녕 하세요"하고 인사하드라. 유성민에게 편지는 했냐? 유성민 주소는 서울 서초구 방배동 00APT 10△동 120△호야. 성민이를 가끔 보면 더욱더 주현이와 주헌이가 생각나고 보고 싶어.
할아버지가 지은 '손자는 노인의 희망' 이라는 노래를 하며 너희들 사진을 본단다.
아무쪼록 건강하게 잘 자라면서 열심히 공부하거라!
잘 지내거라. 안녕!

2006. 4. 10
할아버지

할아버지 안녕하세요.

오늘은 부활절이에요.

그리고 이번 주에 수영 50미터를 헤엄쳤어요. 그리고 이번 주 금요일에 워터 월드라는 곳에 갔어요.

오늘 아침에 새들 밥 주러 갔어요.

그런데 흑조가 엄마가 들고 있던 빵을 뺏어갔어요.

할아버지 안녕히 계세요.

2006년 4월 16일
주현 올림

Dear grandpa.

Hi, grandpa.

Today is Easter and this week I swam 50 meters.

And in this Friday we went to a place called Water World.

And today morning we went to feed birds.

But a black swan took a bread that mum held.

Bye! Yours sincerely.

16-4-2006

사랑하는 우리 손자 이주현!

　주현이는 수영을 잘 하는 모양이구나. 50m나 수영을 했다니 대견하고 자랑스럽기 그지없군. 수영은 온몸 운동에 아주 좋은 것이니 자주 하거라. 그렇다고 무리하게 하지는 말고 적당히 해라.
　그런데 할아버지가 물어본 내용은 대답이 없구나. 방학 동안 생활계획과 유성민에게 편지했느냐고 물었잖니? 물어본 말에는 꼭 대답해 주기를 바란다. 알겠니?
　몸 건강히 잘 지내면서 알찬 방학생활이 되도록 노력 하거라. 안녕!

2006. 4. 17
할아버지

할아버지 안녕하세요.

이번 주에는 100m를 헤엄쳐서 배지를 받았어요. 저는 방학동안 수영하고, 공부하고, 자전거와 인라인을 타면서 놀고, 저녁에는 책을 읽었어요. 화요일이면 벌써 개학이에요.

그리고 오늘 성민에게 편지를 쓸 거에요.

할아버지 안녕히 계세요.

2006년 4월 23일
주현 올림

Dear grandpa.
Hi, grandpa.

This week I swam 100meters. So I've got a badge. During the holiday I swam and study and rode my bike and roller skate. And I read books in the evening.

School restarts next Tuesday. And I'm going to write a letter to sungmin today.

Bye! Yours sincerely.

23-4-2006

이주현! 장하다.

할아버지가 물어본 것을 대답해 주어서 대단히 고맙다.

방학 동안 생활을 매우 알차게 보내고 있으니 기쁘구나. 그리고 성민이 에게 편지도 한다니 더욱 반갑다.

수영을 100m나 했다니 우리 손자 이주현 대단하군. 배지를 받았다는데 그것이 무어냐? 수영을 잘하는 사람에게 상으로 주는 기념품이냐?

주현이는 어느 분야에 관심이 많고 소질이 있는지 네 자신이 곰곰이 생각해 보고 그 분야에 꾸준히 공부하고 노력하기를 할아버지는 간절히 바란단다. 어느 분야든 훌륭하게 성공한 사람들은 무엇보다 더 자기 자신에게 엄격하고 자신과의 싸움에서 이겨내며 꾸준히 공부하고 노력한 사람들이거든.

할아버지가 제일 사랑하는 주현이도 자신과 싸움에서 스스로 이겨내며 꾸준히 공부하고 노력하는 훌륭한 사람 되기를 바라는 마음 간절하단다. 세상만사 모든 것이 자기가 할 나름이니까 항상 명심하고 꼭 실천하기를 바란다.

아무쪼록 아빠, 엄마 말씀 잘 따르면서 몸 성히 잘 지내거라.

안녕!

2006. 4. 24
할아버지

할아버지 안녕하세요.

배지는 플라스틱이나 천 그리고 쇠로 만들어졌어요. 원형이고 핀도 달려있어 옷에다 끼울 수 있어요. 제가 받은 배지는 천으로 만들어졌고 백 미터를 쉬지 않고 갈수 있다는 것을 알려주는 거예요. 수영도 하고 밖에 나가서 뛰어 노니 지난 달 보다 1cm나 컸어요.

할아버지 안녕히 계세요.

2006년 4월 30일
주현 올림

Dear grandpa.

Hi, grandpa.

The badge is made of plastic or fabric or metal. It has circular shape and it has pin, so you car put it on your clothes. The badge that I got was made of fabric and I could swim 100meters without stopping.

I went swimming and played outside. So I have grown 1cm taller than last month.

Bye! Yours sincerely.

30-4-2006

주현이가 고맙구나.

할아버지는 매주 월요일이면 주현이가 보내준 E-mail
을 반갑게 읽어 보고 답장 보내는 이 시간이 대단히 즐거
우니 주현이가 고맙구나. 그래 배지(Badge)라면 할아버지
가 이해하고 알겠다. 그런 상품은 너의 개인적인 추억의
좋은 자료가 되니 소중하게 잘 보관하여 관리하거라.

키가 137cm라고? 주현이 나이에 표준 키군(10세 남아의
표준 키: 137.78cm, 체중:34.47kg). 사람은 20세 미만에
서 몸의 성장이 완성되는 것이니 자연적인 음식(밥, 과일
등)을 즐겨 먹고 운동을 주기적으로 하고 더운 물에 목욕
하고 밤에 잠을 푹 자면 키가 잘 큰단다.

콜라, 사이다, 아이스크림, 사탕, 과자같이 인공적으로
만들어진 단 음식은 사람의 뼈를 상하게 한다니 키도 안
크겠지만 건강에도 안 좋단다.

주현이도 12월이면 만 열 살이 되니 주현이 몸 관리는 주
현이 스스로 할 때가 되었구나. 건강한 몸에 건전한 정신
이 깃드는 것이니 몸 관리 잘하면서 아빠처럼 공부 잘 해
야 한다.

아빠, 엄마 말씀 잘 따르면서 잘 지내거라. 안녕!

2006. 5. 1
할아버지

할아버지 안녕하세요.
　〈해리포터〉라는 책은 참 재미있어요. 너무 재미있어서 하루에 28쪽 씩 읽어요. 해리포터는 세계에서 가장 무서운 영화이기도 하고, 또 어떤 때는 가장 재미있는 영화 혹은 책이기도 해요. 그런데 저는 책이 영화보다 더 재미있는 것 같아요.
　할아버지 안녕히 계세요.

2006년 5월 7일
주현 올림

Dear grandpa.

Hi, grandpa.

⟨Harry Potter⟩ is really funny book. So I read 28 pages in one day. Harry Potter is not only the scariest book in the world, but also it's the funniest book or film in the world. But I think book is more interesting than film.

Bye! Yours Sincerely.

7-5-2006

자랑스러운 우리 손자 이주현!

아빠, 엄마 말씀 잘 따르고 공부도 잘 한다는데 책도 즐겨 본다니 매우 훌륭한 생활이구나. 책을 즐겨 보면 많은 지혜와 생활의 요령을 얻을 수 있어 대단히 유익한 것이란다. 집안이 가난하여 학교를 못 다닌 사람도 좋은 책을 통하여 스스로 지식을 터득, 훌륭하게 된 사람들이 많단다.

그래 해리포터란 책은 어떤 내용인데 재미있냐?

할아버지도 해리포터란 것이 유명하다는 것은 알지만 내용이 무엇인지는 잘 몰라서 묻는 거다.

아무쪼록 좋은 책을 많이 읽고 지식을 습득해 두면 나중에 주현이 에게 매우 유익하고 좋은 재산이 된단다. 어려서부터 책 읽기와 공부하기를 싫어하는 사람들 보면 훗날에 가난한 생활로 고생하면서 어렵게 살거든.

사랑하는 주현아! 항상 건강에 유의하면서 잘 지내거라.

안녕!

2006. 5. 7
할아버지

할아버지 안녕하세요.

〈해리 포터〉라는 책은 주인공 마법학교에 다니는 해리가 모험하는 이야기예요.

그런데 금요일에 천둥번개가 치고 그 다음날부터 날씨가 흐리고 추웠어요.

그런데 이번 주는 시험 보는 주였어요. 그 중 수학시험에서 100점을 맞아서 기분이 너무 좋았어요.

할아버지 안녕히 계세요.

2006년 5월 14일
주현 올림

Dear grandpa.

Hi, grandpa.

〈Harry Potter〉 is the adventure story about Harry who goes to magic school.

On Friday there was thunder and lightning. From that day it was cloudy and cold. By the way this week was test week. And I took a math test and I've got 100 points. So I was happy.

Bye! Yours sincerely.

14-5-2006

사랑하는 내 손자 이주현!

　주현이가 보내준 메일을 할아버지는 미소 지으면서 재미있게 보고 이렇게 답장을 쓴단다.

　훌륭한 사람들은 주현이처럼 어려서부터 책 읽기를 아주 좋아했단다. 세계에서 제일 부자이고 좋은 일을 많이 하는 "빌게이츠"는 어릴 때 별명이 책 벌레였고, 미국의 강철 왕 "앤드류 카네기"도 책 읽기와 일을 즐겨한 사람이란다. 그리고 아시아의 제일 갑부이고 좋은 일 많이 하는 홍콩사람 "리카싱"은 집안이 가난하여 중학교도 못 다니고 온갖 궂은 일로 고생스러운 생활을 하면서도 책 읽기를 매일 버릇처럼 즐겨 보면서 자란 독서광이란다.

　주현이도 지금부터 주현이의 소질과 관심 있는 분야의 책을 많이 읽고 지식을 얻으면 그것이 너의 큰 재산이 되는 것이니 아무쪼록 몸 건강히 자라면서 공부 열심히 하고 책 많이 보고 배우거라. 안녕!

2006. 5. 15
할아버지

할아버지 안녕하세요.

이곳은 여전히 날씨가 흐리고 추워요. 또 소나기가 자주 내리고요.

이번 주에 고대 이집트에 대해서 학교에서 배웠어요. 페피 2세가 96년 동안 이집트의 왕이었대요!

그리고 제가 어제 종이로 악기를 만들었어요. 제가 그 악기를 붐붐이라고 이름을 지었어요. 왜냐하면 붐붐 소리를 내거든요.

할아버지 건강하시고 안녕히 계세요.

2006년 5월 21일

주현 올림

Dear grandpa.

Hi, grandpa.

Still the weather is cloudy and cold here. It sometimes showered.

This week I learned about Ancient Egypt at school. And Pepy II ruled Egypt over 96years !

Yesterday I made an instrument with paper. And I called it boom boom. Because it made boom boom sound.

Bye! Yours Sincerely.

21-5-2006

사랑하는 주현아!

  그 곳 날씨가 흐리고 춥고 소나기가 자주 온다니 몸 건강
에 유의 하거라. 사람은 날씨에 많은 영향을 받으니까 항
상 조심해야 돼.
  그리고 종이로 악기를 만들고 이름을 붐붐이 라고 지었
다니 재미있게 이름도 잘 지었구나. 종이 악기를 주현이
것도 만들어 주면서 잘 돌보며 재미있게 지내고 있겠지?
  아무쪼록 주현이는 자기 책무와 역할을 다 하면서 건강
하게 잘 자라기를 바란다. 안녕!

2006. 5. 22
할아버지

할아버지 안녕하세요.

어제부터 방학이었어요.

다시 날씨가 맑아졌어요. 그래서 밖에 나가 놀 수 있게 됐어요.

그저께 제 친구 톰이 〈스타워즈〉라는 책을 빌려 줬어요. 빌려줘서 고맙다고도 했고요. 스타워즈라는 책은 참 재미있어요. 왜냐하면 우주에서 펼쳐지는 싸움 이야기거든요.

할아버지 안녕히 계세요.

2006년 5월 28일
주현 올림

Dear grandpa.

Hi, grandpa.

It was holiday from Saturday. Sunny day came back again. So I can play outside.

My friend Tom lent me a book called 〈Star Wars〉. So I said to Him "Thanks" when he gave it to me. That book is interesting.

Because the story is about wars that is happening in the galaxy.

Bye! Yours Sincerely.

28-5-2006

사랑하는 주현아! 좋은 생활 습관이 힘이 된다.

영국 초등학교는 방학을 여러 번 하는구나. 그래 이번 방학 동안은 무엇을 할 예정이냐?

초등학교 시절의 생활 습관이 평생을 좌우하니 스스로 생활 계획을 만들고 그것을 엄격히 지키면서 성활하는 습관을 잘 길러야 해! 그런 것이 주현에게 지금은 싫고 고생스럽지만 어려서부터 스스로의 고생을 이겨내며 자기 자신을 엄격히 다스리면서 꾸준히 노력한 사람만이 어른이 되면 즐거운 생활을 할 수 있는 거란다.

그래서 옛말에 "젊어서 고생은 사서도 한다"는 말도 있고, 또 "Rome was not built in a day"란 금언의 의미도 세상만사 모든 일이 하루아침에 되는 것이 아니라 꾸준히 줄기차게 노력한 사람만이 성공한다는 뜻이야.

물론 학과 공부와 책을 열심히 읽어 많은 지식을 얻는 습관은 반드시 들여야 하고 그 외 일상생활도 주현이가 할 일을 스스로 하면서 집안의 일이나 부모님 심부름도 잘 하는 훌륭한 주현이가 되기를 간절히 바란다.

어려서부터 자기편하고 좋을 대로만 생활한 사람은 어른

이 되면 고생스러운 생활을 피할 수가 없거든. 그러니 주현이는 초등학교 시절에 좋은 생활습관이 익숙하도록 스스로 완성해야 해! 알겠지?
　몸 건강히 잘 지내거라. 안녕!

2006. 5. 30
할아버지

할아버지 안녕하세요.
방학이 거의 끝나가요.
　수요일에 요크에 있는 한국 사람들만 모여서 소풍을 갔어요. 소풍은 재미있었어요. 왜냐하면 그 소풍에서 달리기도 하고, 게임도 하고, 축구도 했거든요.
　그리고 〈해리포터〉를 335 페이지까지 읽었어요.
　칼도 만들어서 주현이랑 칼싸움도 했어요. 밖에 나가서 놀기도 했어요.
할아버지 안녕히 계세요.

2006년 6월 4일
주현 올림

Dear grandpa.

Hi, grandpa.

The holiday is nearly ending.

Last Wednesday Koreans in York went on a picnic. It was fun. Because we had a relay, game and football. I read 〈Harry Potter〉 to page 335.

And I made a sword and had sword fight with Jooheon. And I also played outside.

Good bye! Yours sincerely.

4-6-2006

"너 자신을 알라"

고대 그리스의 어느 신전(神殿) 기둥에 새겨져 있다는 "너 자신을 알라"는 유명한 이 글은 4대 성인 중의 한 사람인 소크라테스도 이 글을 보고 자신의 철학적 활동에 출발점이 되었다는데 이 글의 의미는 무엇일까?

할아버지가 어려서 학교 선생님에게 배울 때는 아리송했는데 어른이 되어 여러 환경과 직위에서 생활하며 경험하면서 풀이한 결론은 다음과 같단다.

"너의 책임과 의무와 역할을 완수하라"

사람은 누구나 다 어떤 환경과 위치에서도 사람마다 해야 할 책임과 의무와 역할이 있는 것인데 그것을 제대로 못하면 불행해 지니까 행복하게 잘 살고 싶다면 "나 자신을 알아야 한다"고 풀이한 거야. 다시 말하면 내가 할 책임과 의무와 역할을 다 하고 있는지 나 스스로에게 묻고 그것을 먼저 깨닫고 개선해야 행복하게 살수 있다는 말로 풀이한 거란다.

그러니 주현이는 학교생활이나 가정생활이나 어디에서 생활하던 가장 중요한 것은 주현이가 처해 있는 위치에서 해야 할 책임과 의무와 역할을 잘 알고 이를 꼭 실천해야 행복하게 살아 갈수 있다는 것을 잊지 말아야 해! 그래서 할아버지는 온 세상을 다주어도 바꿀 수 없는 사랑하는 주현이가 자기의 책임과 의무와 역할을 잘 알고 실천하는지 궁금하거든. 다음 메일에 꼭 답을 다오.

그리고 지난 주 보낸 "좋은 생활습관이 힘이 된다"란 메일의 내용을 보고 주현이는 어떻게 생각하고 있고 할아버지가 바라는 대로 생활하고 있는지도 알고 싶구나.

주현이는 똑똑하고 영리하니까 훌륭한 답을 줄 거라고 할아버지는 기대한다.

잘 지내거라. 안녕!

2006. 6. 5
할아버지

할아버지 안녕하세요.

오늘 영국이네 집에 갔는데 엄청 재미있었어요. 왜냐하면 우리 반 친구를 만나서 게임도 하고 물총 싸움도 했거든요.

그런데 월드컵인데 TV가 잘 나오지 않아요. 바람이 안 부는데도 TV가 지-지 소리를 내요. 그래서 한국-토고전이 걱정 돼요

6월 21일에 오케스트라 공연을 해요.

그런데 제가 생각하기에 아빠, 엄마 말씀을 잘 듣고, 동생 잘 보고, 책 많이 읽고, 공부를 열심히 하는 게 제 책임이고 의무인 것 같아요.

그럼 할아버지 안녕히 계세요.

2005년 6월 11일
주현 올림

Dear grandpa.

Hi, grandpa.

Today I went to Young-kook's house. It was fun. Because I met class mates and played a game and played water-gun fight.

By the way it's world cup season now. But the TV isn't working very well .When the wind isn't blowing the TV makes noises like Zi-Zi. So I'm worried about that I couldn't watch a game ; Korea against Togo.

On 21 June, there will be an orchestra performance.

I think my responsibility is listening to mum and dad carefully, looking after my younger brother, reading many books as far as I could and studying hard.

Good bye! Yours sincerely.

11-6-2006

손자는 나의 면류관

훌륭한 답이다.

주현이가 재미있고 즐겁게 생활하고 있다니 반갑다.

더더욱 주현이는 주현이의 책임과 의무를 정확하게 알고 있으니 할아버지는 대단히 기쁘고 좋구나. 주현이가 알고 있는 것과 같이 아빠, 엄마, 선생님 말씀 잘 따르고 실천하면서 학과공부와 독서 등을 통하여 좋은 지식을 깊고 넓게 갖는 것이 주현이의 책임이고, 규칙적인 생활 습관을 하면서 자기 자신을 스스로 엄격히 다스리고 네 생활의 갈무리를 잘 하는 것이 주현이의 의무라는 것을 명심하고 반드시 실천해야 어른이 되면 성공의 길을 갈 수 있는 거란다.

영국도 독일 월드컵 축구대회에 관심들이 많겠지? 이곳도 온 국민이 필승 KOREA를 외치며 대한민국 축구대표팀의 승리를 갈망하는 행사가 많단다. 영국에서는 독일과 시차가 없어 TV시청이 좋겠지만 한국은 밤 아니면 새벽이라 잠을 제대로 잘 수가 없어서 조금은 불편해.

그런데 6월 21일 오케스트라 공연은 주현이가 출연하는 것인지 아니면 관람하는 것인지 이해를 잘 못하겠구나.

사랑하는 주현아!
건강하게 자라면서 너의 책임과 의무를 다 하면서 잘 지
내거라. 안녕!

2006. 6. 12
할아버지

할아버지 안녕하세요.

저는 학교 오케스트라에서 피리를 불어요. 어제도 다음 주 수요일처
럼 공연이 있었어요. 그 공연은 배저힐이라는 초등학교에서 한 공연이
에요.

또 다음 주 수요일에는 공연을 하는데, 저희 학교 150주년 기념행사
에요.

7월 1일에는 학교 바비큐 행사이고, 7월 2일에는 요크 시내에 있는
학교들이 모여서 하는 행사예요.

할아버지 안녕히 계세요.

2006년 6월 18일
주현 올림

Dear grandpa.

Hi, grandpa.

I play the recorder in school orchestra. Yesterday I had a performance like next Wednesday. That performance was at Badger Hi,ll primary school.

And next week there will be a performence for school's 150th year anniversary.

There will be performances on 1st of July and 2nd of July.

The performence on 1st of July is at Deramore's Summer barbeque.

And the performence on 2nd of July is at the York school's music festival.

Good bye! Yours sincerely.

18-6-2006

Lord Deramore's Primary School
1856-2006

Lord Deramore' s Primary School
1856-2006

125

장하다. 이주현!

150년이나 된 역사 깊은 학교에 다니면서 오케스트라에서 피리를 불며 공연을 한다니 주현이가 대단히 장하구나. 할아버지도 그 공연을 보고 싶은데 어쩔 수가 없으니 아빠나 엄마가 그 공연을 촬영해두면 좋겠다고 그래라.

나중에 한국에서 할아버지가 보고 싶어 그러니 꼭 그래라.

아무쪼록 주현이가 맡은 역할을 열심히 연습하여 훌륭한 공연이 되기를 바란다.

몸 건강하게 잘 지내거라. 안녕 !

2006. 6. 19
할아버지

할아버지 안녕하세요.

그제 운동회를 했는데 첫 번째 경기에서는 제가 1등을 했고, 두 번째 경기에서는 4등을 했어요. 첫 번째 경기는 하키, 던지기와 뛰기였어요. 두 번째 경기는 달걀과 숟가락이라는 경기였어요.

월드컵 축구에서 한국이 16강을 못 가서 기분이 나빠요

할아버지 안녕히 계세요.

2006년 6월 25일
주현 올림

Dear grandpa.

Hi, grandpa.

A day before yesterday there was a sports competition. In the first game I came 1st and in the second game I came 4th. The first game is including hokey, throwing and jumping. The second game is egg and spoon race.

I'm unhappy that korea couldn't go to the second round.

Bye! Yours sincerely.

25-6-2006

손자와 할아버지의 E-mail   127

잘했다, 이주현!

　좋은 일에 1등은 항상 기분이 좋고 생활을 즐겁게 하고 가정의 평화와 행복을 가져다주는 지름길이란다. 사랑하는 내 손자 주현이가 학교 운동회에서 1등과 4등을 했다니 대견스럽고 장하여 할아버지 기분이 매우 좋구나.

　한국 축구 대표 팀이 독일 World Cup 대회에서 16강에 못가 할아버지도 기분이 안 좋다마는 다른 나라 대표 팀은 어릴 때부터 철저하게 노력하고 준비한 사람들 중에서 엄정히 선발하여 만든 팀이라 우리 팀이 이기기는 어렵지.

　축구뿐만 아니라 모든 일이 하루아침에 되는 일이 없어. 너의 아빠도 초등학교 때부터 공부를 아주 잘 했기 때문에 지금 영국에서 공부하는 것이고 그 덕분에 주현이도 영국에서 편안 생활을 하고 있다는 것을 알아야 해.

　주현이도 어른이 되어 기분 나쁘지 않게 즐거운 생활을 하고 싶다면 할아버지가 얘기해 준 것과 같이 자기 자신을 스스로 엄격히 다스리며 공부 열심히 해야 되는 거야. 기쁨과 영광은 갖은 고난과 역경을 이겨내며 줄기차게 노력한 사람에게만 오는 것이니 늘 노력해야 한다. 알겠지! 그래서 하늘은 스스로 노력한 사람에게만 기쁨을 주지.

아무쪼록 몸 건강히 잘 지내면서 주현이의 책임과 의무를 훌륭하게 완수하고 아빠처럼 어릴 때 칭찬 많이 받으며 자라나는 어린이가 되기를 바란다. 안녕!

2006. 6. 26
할아버지

할아버지 안녕하세요.

오늘 그랜드 오페라 하우스에서 요크에 있는 학교 음악 페스티발을 했어요. 거기서 제가 못 보던 악기도 있었어요. 저희 학교 오케스트라에서 연주했던 음악은 해이드리언스 월, 스카이보트 송과 시너 맨이에요. 그것은 재미있었어요.

할아버지 안녕히 계세요.

2006년 7월 2일
주현 올림

Dear grandpa.

Hi, grandpa.

Today there was York schools music festival at the Grand Opera House. There were instruments that I had never seen before. Our school played 3 songs; Hadrian's wall, Sky boat song and Sinner man. It was fun.

Bye! Yours sincerely.

2-7-2006

좋은 경험이다.

이곳 한국은 장마철이라 날씨가 흐리고 후덥지근하단다. 그래 요즘 영국 날씨는 어떠냐?

주현이가 그랜드 오페라 하우스에서 요크 학교의 음악 페스티벌에 참가하여 3곡이나 연주하였다니 대단히 좋은 경험을 했구나. 할아버지도 그곳에서 주현이 연주하는 모습을 보았으면 좋았을 텐데 보지 못한 것이 몹시 아쉽군.

손자는 나의 면류관

아무쪼록 주현이가 좋아하는 분야에 깊은 관심과 끈질긴
노력으로 보람 있는 생활이기를 바란다. 안녕!

2006. 7. 4
할아버지

할아버지 안녕하세요.

여기 날씨는 더운데 비는 별로 안 와요.

그저께 싸쌘네 집에서 잤는데 거기서 재미있는 일들을 했어요. 테니
스도 하고, 영화를 봤어요. 영화 이름은 해리포터와 마법사의 돌이에요.
그 다음 날 아침에 테니스를 치고 안에서 레고를 했어요.

오늘은 집에서 해리포터와 불의 잔을 봤어요. 이번 주말도 역시 재미
있었어요.

할아버지 안녕히 계세요.

2006년 7월 9일
주현 올림

Dear grandpa.

Hi, grandpa.

The weather is hot, but it doesn't rain a lot.
The day before yesterday I went to sasan's house for
sleep over. We did lots of funny things. We played
tennis, and saw a film. The film was called Harry
Potter and the philosopher's stone. And next morning
we played tennis and played with lego inside.

Today I watched Harry Potter and the goblet of fire
at home. This weekend was also fun.

Bye! Yours sincerely.

9-7-2006

아름다운 추억을 많이 만들어라.

영국도 더운 날씨인가 보구나.

이곳 한국은 "에위니아"라는 태풍이 불어와 나라가 온통 야단이란다. 할아버지가 사는 서울은 아직 태풍이 도착 안 했지만 날씨가 몹시 흐리고 비가 오고 있단다.

주현이가 그곳에서 재미있는 생활을 하고 있다니 할아버지도 기분이 좋구나.

싸산이란 친구는 어느 나라 사람이냐? 같은 학교 같은 반 친구냐?

아무쪼록 영국에 있으면서 좋은 친구들 많이 사귀고 아름다운 추억이 되는 즐거운 생활이 되기를 바란다.

몸성히 잘 지내거라. 안녕!

2006. 7. 10
할아버지

할아버지 안녕하세요.

여기 날씨는 비가 거의 안 오고 무지하게 더워요. 하늘에는 4시 정도에 구름이 생기고 그 전에는 구름이 없어요.

지난 수요일 박물관에 견학 갔어요. 거기서 이집트에 관한 영화를 봤어요. 또 그날 수영 수업에서 10분에 200m 수영했어요.

싸산은 이란에서 온 아빠와 영국 엄마한테서 태어났어요. 싸산은 영국애고, 같은 반 친구예요.

할아버지 안녕히 계세요.

2006년 7월 16일
주현 올림

Dear grandpa.

Hi, grandpa.

It doesn't nearly rain and it's too hot. At 4pm the cloud is apearing and before that there's only blue sky.

On Wednesday I've been school trip to museum. And there I saw a film about Egypt. That day I swam 200m for 10 minutes in the swimming lesson.

Sasan was born between dad from Iran and English mom. He is an English and a classmate.

Bye! Yours sincerely.

16-7-2006

 손자는 나의 면류관

보고 싶은 주현아!

영국도 날씨가 무더운 모양이구나. 이곳 우리나라는 연일 계속되는 장맛비가 퍼부어 전국이 물난리로 야단법석인데 할아버지는 무사히 잘 있다. 비가 너무 많이 와서 한강대교 턱 밑까지 물이 흘러 홍수가 일어나는 줄 알고 퍽 염려스러웠어.

마을이 물에 잠기고 도로가 붕괴되고 산사태가 일어나고 자동차가 급류에 떠내려가고 사람들이 죽거나 실종 되어 피해가 많은 모양이야.

지금은 장맛비가 남쪽으로 이동하여 낙동강 지역이 홍수 직전이라고 TV 뉴스에서 그러는구나.

보고 싶은 주현아!

그곳은 모두 별고 없지? 주현이는 항상 아빠, 엄마 말씀 잘 지키고 몸 관리 잘 하면서 공부를 즐겨하는 생활이 되기를 바란다.

잘 있거라. 안녕!

2006. 7. 17
할아버지

할아버지 안녕하세요.

어제 호이레이크 골프장에 대회를 보러 갔어요. 거기서 타이거 우즈도 봤어요. 그리고 우리가 TV에 나왔어요! 허석호라는 골프선수한테서 골프공을 받았어요.

오는 길에 저의 피리 가르치는 선생님을 봤어요.

그리고 여기 날씨는 무척 더워요.

할아버지 안녕히 계세요.

2006년 7월 23일
주현 올림

Dear grandpa.

Hi, grandpa.

Yesterday I went to see golf in Hoylake. I saw Tiger Woods. And we were on TV! A golf player called SK Ho gave me a golf ball.

And on the way back I saw my recorder teacher. And it's really hot here.

Bye! Yours sincerely.

23-7-2006

사랑하는 주현아!

　TV에서 유럽 지역이 무척 무더운 날씨라는데 몸 관리 잘 하면서 건강히 지내고 있냐?

　골프 선수 타이거 우즈가 참가한 대회를 직접 보기도 하고 영국 TV에 주현이가 나왔다니 기분이 어떠냐?

　그런데 할아버지는 주현이가 9월 6일까지 방학하는 동안 어떻게 생활 할 것인지 그것이 제일 궁금하구나. 다음 E-mail에 너의 방학생활계획을 꼭 알려주기 바란다.

　우리나라 초등학교 학생들 중에 공부 잘하는 학생들의 공통된 특성을 교육부에서 조사한 결과 아래와 같다고 하니 주현이도 이를 적극 실천하는 생활이 되어야 해 !

* 전국 초등학생 중에 공부 잘하는 학생들의 공통된 특성

1. 선생님 말씀 잘 따르고 칭찬 많이 받고 있다.
2. 책을 즐겨보며 독서를 많이 하여 지식을 넓힌다.
3. 부모와 자주 의논하여 결정하고 대화를 많이 나눈다.
4. 학습 준비물을 잘 챙기며 적극적이고 책임감이 강하다.

물론 주현이는 벌써부터 잘 하고 있으리라 생각하지만 늘 잊지 말고 실천하기를 바라는 마음에서 알리는 거야.

아무쪼록 즐겁고 보람찬 주현이의 방학생활이기를 바라면서 오늘은 이만 줄인다.

몸 건강히 잘 지내거라! 안녕!

2006. 7. 24
할아버지

할아버지 안녕하세요.

제 방학생활계획은 한국 4학년 수학과 사회를 공부하고, 운동 많이 하고 영어로 된 책 6권 읽는 것이에요.

월요일 날 우리 식구가 프라하에 갔어요. 거기서 제일 재미있었던 것이 성비투스 성당에서 계단 올라가는 것이었어요. 계단이 28개래요.

빔바이가 화요일 날 남아프리카 공화국으로 가요.

할아버지 안녕히 계세요.

2006년 7월 30일
주현 올림

Dear grandpa.

Hi, grandpa.

My plans for holiday are studying korean maths and geography, doing a lot of sports and reading 6 English books.

On Monday my family went to Prague. And there I liked going up the stairs in St.vitus cathedral the most. There were 287 stairs in total.

Vimby is going to go to the Republic of South Africa on Tuesday

Bye! Yours sincerely.

30-7-2006

사랑하는 주현아!

 그동안 아빠, 엄마랑 주현이 모두들 잘 있었느냐?

 할아버지는 별고 없이 잘 지내고 있다. 지난주에는 체코 프라하에 여행을 갔었구나. 거기서 약 600년 동안 (1344~1929)이나 걸려 지었다는 성 비투스 성당도 관광했다니 무엇을 느꼈냐? 참 좋은 것을 보고 많은 것을 배웠으리라 생각한다. 할아버지는 Internet을 통하여 사진으로 보았다만 영국과 스웨덴 두 나라의 건축 모양을 직접보고 느낀 것은 기독교 문화의 영향을 크게 받은 유럽지역의 건축 양상은 거의 다 비슷하다고 생각하고 있단다.

 주현이 친구 빔바이가 자기 나라 남아프리카로 귀국하였다니 주현이가 서운하겠구나. 그래 작별 인사는 잘 나누었냐?

 그리고 방학 동안 한국의 초등학생 4학년 수학과 사회를 공부하고 영어 책 6권을 볼 계획이라니 대단히 훌륭한 생각이구나. 꼭 그렇게 실천하기를 바란다. 시간이 많을 때 시간을 아껴 알뜰하게 생활하는 습관을 지금부터 들이면 훗날 어른이 되면 그것이 주현에게 큰 재산이 되어 돌아온다는 것을 잊지 마라.

누구에게나 하루 24시간이 똑같이 주어지지만 이 시간을
어떻게 보내며 생활하느냐에 따라 훗날의 생활이 결정되는
것이니 항상 뜻있고 알차게 시간을 잘 써야 한다. 알겠지!
시간을 헛되이 보내면 훗날에 고생을 피할 수가 없거든.

아무쪼록 아빠, 엄마 말씀 잘 따르며 늘 기쁘게 해 드리
고 몸 건강히 잘 지내거라. 안녕!

2006. 7. 31
할아버지

할아버지 안녕하세요.

오늘 더럼 이라는 곳에 갔었어요. 거기서 더럼성과 더럼성당을 갔었
는데 더럼성에 있는 나무계단이 오른쪽으로 휘어져있었어요. 또 더럼성
당에 종 울리는 소리가 참 아름다웠어요.

더럼성에 스코틀랜드 사람이 들어오면 그 사람의 목을 베고, 문 앞에다
걸쳐 놓았대요.

할아버지 안녕히 계세요.

2006년 8월 6일
주현 올림

Dear grandpa.

Hi, grandpa.

Today we went to Durham. We went to Durham castle and Durham cathedral.

The wooden stairs in Durham castle skewed to the right side. And the sound of the bell ringing was beautiful. If the scottish come, they chop their necks off and hang their heads in front of the door.

Goodbye! Yours sincerely.

6-8-2006

사랑하는 주현아!

그동안 잘 지내고 있었느냐?

여기 한국은 긴 장마가 지나더니 지금은 날씨가 몹시 더워 할아버지 혼자 살면서도 에어컨을 틀고 지낸다. 작년 이때는 할아버지도 주현이와 같이 영국에서 생활하며 더운 여름을 시원하게 잘 지냈는데 올해는 너무 더워 꼭 필요한 때만 외출하고 그 외엔 집에만 있단다.

그래 그곳은 작년 날씨와 비슷하냐? 무더운 날씨라면 몸조심해야 한다. 햇빛에 노출되는 시간이 많으면 일사병에 걸려 생명에 위험하니 항상 그늘이나 집안에서 생활하는 것이 좋아. 그리고 햇빛에 노출된 자동차 외부에 손이나 피부가 닿으면 심한 화상을 입으니 조심해야 돼!

물놀이를 하기 전에는 반드시 준비 운동을 하고 물 깊이는 복부(배) 이하의 물에서만 조심스럽게 놀아야 한다.

잠 잘 때는 덥다고 배를 노출하고 자면 배앓이를 하니까 꼭 배는 덮고 자야한다. 알겠지?

더럼 성당을 인터넷 사진으로 할아버지도 처음 봤는데 건축 모양이 특이 하군. 요크 민스터 성당이나 런던 세인

트 폴 성당 그리고 기타 여러 지역의 성당 모양과는 전혀 다른 모습이 마치 전쟁을 위하여 지은 건축물 같은 느낌이 드는 구나. 하여튼 유럽 지역에는 수백 년 전에 지은 훌륭한 건물들이 수십 년 또는 수백 년에 걸쳐 건축한 사실에 할아버지는 감탄하고 경이로운 마음이란다. 그 시절 얼마나 많은 사람들이 희생하고 봉사했을까? 그 나라 사람들은 그렇게 훌륭한 조상을 두어 지금은 잘 살고 있는 것이 아닐까? 많은 것을 생각하게 한 건물들이지.

사랑하는 주현아!

아무쪼록 방학 동안 알차고 보람 있는 생활이기를 바란다. 몸 건강히 잘 지내거라. 안녕!

2006. 8. 7
할아버지

할아버지 안녕하세요.

여기는 날씨가 변덕스러워요. 비가 오다가 날씨가 맑아져요.

이번 주에 수영장을 두 번 갔다 왔어요. 물이 따뜻했어요. 거기에 물 미끄럼틀이 3개 있었어요. 그 중 디에지라는 미끄럼틀은 앞으로 쭉 가다가 절벽에서 떨어지는 것처럼 내려가요. 제가 생각하기 에는 그 미끄럼틀이 제일 재미있었던 것 같아요.

할아버지 안녕히 계세요.

2006년 8월 13일
주현 올림

Dear grandpa.

Hi, grandpa.

The weather changes a lot here. It rains and then it's sunny.

I went swimming twice this week. The water was warm there. There were 3 water slides. There was a slide called 'The edge'. It goes straight and then it goes down like falling from the cliff.

I think it was the best.

Goodbye! Yours sincerely.

13-8-2006

자랑스러운 주현아!

주현이가 매주 한 번씩 보내는 메일을 월요일이면 볼 수 있고 보고나면 기쁘고 즐겁구나.

그래 지난주에는 수영장에 두 번 갔었구나! 동생은 같이 안 갔었느냐? 같이 즐겁게 놀면 더욱 좋을 텐데 말이야.

책도 다섯 권이나 열심히 읽어 보았다니 장하군. 아무쪼록 책을 즐겨보는 습관을 가져야 많은 지혜를 얻을 수 있고 훗날에 많은 도움이 되는 거란다. 훌륭하게 성공한 사람의 공통점 중에 한 가지는 아무리 어려운 환경에 처해서도 어떻게 해서든 좋은 책들을 즐겨 많이 보고 지혜를 얻어 생활한 사람들이지.

할아버지가 세상에서 제일 사랑하는 주현이도 좋은 책들을 즐겨 본다니 할아버지는 대단히 기쁘고 기분이 매우 좋아 주현이가 대견하고 자랑스럽구나. 아~암! 그래야지.

변덕스러운 영국 날씨에 몸조심 잘 하고 늘 부모님을 기쁘게 해 드리면서 잘 지내거라. 안녕 !

2006. 8. 14
할아버지

할아버지 안녕하세요.

내일 요크 대학 스포츠 센터에 운동하러 가요. 거기서 스쿼시, 테니스 하고 크리캣을 해요.

스쿼시는 테니스 채로 공을 벽에다 맞추는 것이에요. 크리캣은 야구랑 비슷해요. 투수가 공을 던져서 타자가 크리캣 배트로 쳐요. 재미있을 것 같아요.

할아버지 안녕히 계세요.

2006년 8월 20일

주현 올림

Dear grandpa.

Hi, grandpa.

Tomorrow I'm going to exersize at the sports centre in York University. I'm going to do squash, tennis and cricket. Squash is Hitting ball with tennis racket against the wall. Cricket is a bit like a baseball.

A thrower throws the ball and a batter Hits the ball with a cricket bat.

I think it will be fun.

Goodbye! Yours sincerely.

20-8-2006

귀여운 주현아!

 이곳은 무덥던 여름도 한풀 꺾여 아침저녁으론 선선한 날씨지만 낮에는 여전히 더워.
 그래 오늘 아빠가 다니시는 요크 대학 스포츠 센터에 가서 스쿼시와 테니스 그리고 영국식 야구인 크리캣을 한다니 재미있었겠구나. 재미있다고 너무 무리하면 몸에 안 좋으니 운동은 적당히 해야 돼 !
 운동은 일정하게 규칙적으로 해야 몸에 도움이 되는 거야.
 아빠랑 엄마 주헌이도 같이 갔었느냐 ?
 할아버지도 매일 아침, 온몸 운동하고 나서 집안 청소하고 밥 지어 먹고 하루의 일과를 보내고 있지.
 아무쪼록 주현이도 주현이 계획대로 규칙적으로 생활하는 좋은 생활습관을 기르도록 노력하거라.
 잘 있거라. 안녕!

2006. 8. 21
할아버지

할아버지 안녕하세요.

벌써 여기는 가을 날씨처럼 느껴져요.

우리 식구 중 스포츠 센터에서 저 혼자 배워요. 금요일에 스쿼시 게임을 했는데, 제가 1등 했어요. 스쿼시를 해보니까 재미있더라고요.

또, 저 종이로 장미를 접을 수 있어요.

그리고 저랑 수복이랑 규복이랑 스파이 놀이를 했어요. 이번 주는 재미있는 주였어요.

할아버지 건강하세요.

2006년 8월 27일
주현 올림

Dear grandpa.

Hi, grandpa.

The weather feels like autumn here. I only learn at Sports centre in my family.

Last Friday I did squash game, and I came 5t. It was fun when I tried it.

And I can make a rose with paper. And me, Subok and Kyubok played spy game.

This week was fun week. Take care grandpa.

Goodbye! Yours Sincerely.

27-8-2006

보고 싶은 주현아!

주현이가 스쿼시에서 1등을 했다니 주현이가 더욱 자랑
스러워 할아버지는 기분이 좋단다.

벌써 그곳 날씨는 가을 같다니 기후 변화가 사람에게 미
치는 영향을 잘 알고 건강관리를 잘 해야 돼! 이곳은 아직
도 낮에는 여름 날씨 그대로야.

그래 다음 주에는 개학인데 방학 동안 주현이의 생활은
주현이가 생각하고 계획한 대로 잘 했는지 알고 싶구나.
방학 동안 좋은 책들을 늘 읽어 보는 습관은 들였는지, 또
뜻있고 보람 있는 방학 생활이었는지도 알고 싶다.

어려서부터 좋은 습관을 잘 길러야 훗날 주현이가 하고
싶은 일을 할 수 있고 어른이 되면 행복한 생활이 될 수 있
다는 것을 잊지 말고 항상 열심히 즐겁게 노력하는 주현이
가 되기를 할아버지는 간절히 바라고 또 바라며 기원하고
있단다.

왜냐하면 아무리 머리가 뛰어난 천재라도 늘 즐기면서
열심히 노력하는 사람에게는 당할 수가 없거든.

그래서 할아버지는 주현이가 항상 즐거운 마음으로 공부

하고 일하는 습관을 가져야 한다는 거야. 알겠지?
몸 성히 잘 지내거라. 안녕!

2006. 8. 28
할아버지

할아버지 안녕하세요.

방학이 끝나 가네요.

4학년 수학과 4학년 1학기 사회는 끝냈어요. 책 6권도 거의 다 읽었고요, 스포츠센터에서 2주 동안 운동도 하고 내일은 수영하러 가요. 이번 방학은 재미있고 보람찬 방학이었어요.

할아버지 안녕히 계세요.

2006년 9월 3일
주현 올림

Dear grandpa.
Hi, grandpa.

The holiday is nearly ending.

I finished Year 4 math and Year 4 first term geography. And I nearly finish the 6th book. I exercise for 2 weeks at Sports centre. And I'm going to go swimming tomorrow. This holiday was fun and fruitful.

Goodbye! Yours Sincerely.

3-9-2006

장하다, 주현아!

방학생활을 재미있고 보람 있게 보냈다니 장하구나. 주현이가 방학생활을 잘 했다고 하니 할아버지도 매우 기쁘다. 앞으로도 시간을 더욱 더 알차게 보내거라.

이 달 9월에 한국으로 오면 생활환경이 아무래도 영국보다는 못 할 것이기에 그에 대한 마음의 준비도 돼 있어야 할 거다.

아빠와 엄마 덕분에 영국에서 편안히 잘 생활하다가 한

국에 오게 되면 생활환경이 달라 여러 가지로 불편할 것으로 예상하기 때문에 마음의 준비를 잘 하라는 거야.

항상 건강에 유의하면서 하루하루의 일과를 알차고 유익한 생활이 되도록 꾸준히 노력하는 자랑스러운 주현이기를 바라면서 이만 줄인다.

잘 지내거라. 안녕!

2006. 9. 4
할아버지

할아버지 안녕하세요.

금요일부터 우리 집 전화가 안 돼요.

어제 옆집 사는 소피라는 아이의 생일파티에 갔었는데 제가 본 생일파티 중에서 최고였어요. 거기서 보물찾기도 하고, 영화도 봤어요. 보물찾기에서 요술 봉을 받았어요. 어제는 참 재미있는 날이었어요.

할아버지 안녕히 계세요.

2006년 9월 10일
주현 올림

Dear grandpa.

Hi, grandpa.

Our telephone has not worked since Friday. Yesterday I went to Sophie's birthday party. She is our neighbor. That party was best party that I've been. We played treasure hunt and saw a movie. I've got a magic wand. Yesterday was fun day.

Bye! Yours sincerely.

10-9-2006

사랑하는 주현아!

그동안 건강히 잘 지냈다니 기쁘구나. 할아버지도 별고 없이 잘 지내고 있단다.

주현이가 아빠, 엄마 따라서 영국에서 생활하기를 2년, 이제는 지난 2년의 영국생활을 반성해 보고 남은 기간 동안 마무리를 잘 해야 할 때라고 할아버지는 생각하고 있으니 뒤처리를 잘 하기를 바란다.

영국에서 생활하는 동안 주현이를 사랑하고 가르친 선생님, 그리고 그동안 사귀었던 이웃이나 학교 친구들, 모두에게 정다운 작별의 인사도 해야 하고, 주현이가 쓰던 방이나 책상, 침대, 옷장 등의 정리도 깨끗하게 하여 다음 사용할 사람으로부터 욕을 안 먹도록 해야 돼. 사람들 생활에서 끝이 안 좋으면 다들 나쁘다고 생각한단다.

혹시 빌려온 물품이나 책들이 있다면 깨끗하게 하여 돌려주어야하는 것은 물론이고. 주현이가 생활하는 중에 처음도 중요하지만 마지막 마무리를 더욱 잘 해야 주현에게 좋은 일이 생기는 것이니까 꼭 그리 하거라.

그런데 지난 금요일부터 전화가 안 된다니 고장이 나서 그런지 아니면 영국 생활이 끝나 가니까 전화를 끊어서 그런지 알 수 없구나.

그리고 주현이가 할아버지에게 E-mail을 보내는 것도 다음 주(9월 17일)면 마지막이 될 것 같은데 그런 것인지 알려주기 바란다.

남은 기간 동안 영국 생활 잘 마무리하면서 건강하게 잘 지내거라. 안녕!

2006. 9. 11
할아버지

할아버지 안녕하세요.

금요일에 우리 가족이 하일랜드에 갔다 왔어요. 둘째 날에 스카이 섬에 가는 길에 성이 두 군데가 있었는데, 하나는 유카르트 성이고, 또 하나는 에일린 도난 성이었어요. 에일린 도난 성은 바이킹들의 공격을 막기 위해 만든 성이었어요. 스카이 섬에서 돌아오는 길에 양 두 마리가 길을 건너는 것을 봤어요! 엄청나게 웃겨서 한참동안 웃었어요. 그리고 일요일에 집에 돌아왔어요. 참 재미있는 날이었어요.

그리고 다음 주말이 마지막 편지일 거예요.

할아버지 안녕히 계세요.

2006년 9월 18일
주현 올림

Dear grandpa.

Hi, grandpa.

On Friday our family went to Highland. On the second day, on the way to the ilse of Skye we passed by two castles. One was Urquhart castle and the other was Eilean Donan castle. Eilean Donan castle was built by defensing the attack of Viking. On the way back, we saw two sheep crossing the road! That was so funny so we laughed for a long time. And we got back home on Sunday. That day was a fun day.

And next day will be the last e-mail.

Bye! Yours sincerely.

18-9-2006

주현아! 여행에서 배운 것이 무엇이냐?

 Scotland 지역에 있다는 Highland는 산과 호수, 계곡
이 자연 그대로 어우러져 아름다움의 극치를 이룬 곳이라
면서? 할아버지는 인터넷으로 검색해 보고 알았다.

 주현이는 많은 한국 어린이들이 쉽게 볼 수 없는 유럽의
여러 곳을 아빠 덕분에 여행을 하면서 많이 보고 배웠으니
얼마나 좋으냐?

 아빠가 주현이와 같이 유럽 여러 곳(스페인, 로마, 바티
칸, 스위스, 프랑스, 또 영국의 여러 지역 등)을 여행한 것
은 주현이가 많이 보고 느끼고 배우라는 뜻일 테니 지금은
주현이 머리에 무엇이 남아 기억되고 있고 깨달은 것은 무
엇인지 생각해 봐!

 할아버지가 주현이 나이 때는 한국이 전쟁 중이라 먹을
것, 입을 것이 제대로 없었고 거기다가 할아버지의 아빠는
없었으니까 ……

 그리고 아빠가 주현이처럼 어릴 때 할아버지는 직업상
많이 떨어져 살기도 했지만 여행할 여력과 시간이 없어서
아빠는 할아버지와 여행을 한 번도 한 적이 없었거든.

그러니 주현이는 좋은 아빠와 생활하는 것을 늘 감사하게 생각하고 어디에서나 주현이의 책임과 역할을 다 하는 사람이 되어야 해!

  그래야 주현이가 어른이 되어 아빠가 되면 주현이의 아들딸들도 지금보다 더 좋은 생활을 하면서 행복하게 살아갈 수 있거든.

  다음 주에 한국에 오면 주현이가 공부하는데 불편하지 않도록 할아버지가 주현이의 책상을 인터넷으로 주문하였는데 아직 안 왔어. 주현이가 보면 마음에 들런지 몰라도 할아버지가 준비하고 있어.

  아무쪼록 아빠, 엄마 말씀 잘 따르면서 건강하게 잘 지내거라. 안녕!

  2006. 9. 19
  할아버지

할아버지 생신 축하드려요.

이번이 마지막 편지이고요, 사흘 후면 영국을 떠나 한국으로 가요.

어제 런던에 가서 자연사 박물관에 갔었어요. 거기서 공룡에 대한 것과 식물과 지구에 대한 것을 봤어요. 정말 재미있었어요. 왜냐하면 티라노사우루스의 모형이 움직였기 때문이에요.

그 다음에 라이온 킹 뮤지컬을 보러 갔어요. 그 뮤지컬은 만화영화보다 더 재미있었어요.

어제는 정말 재미있는 날이었어요.

할아버지 안녕히 계세요.

2006년 9월 24일

주현 올림

Dear grandpa.

Happy birthday grandpa.

This is the last e-mail and I'm leaving England in three days.

Yesterday I went to London and I went to Natural History museum. I saw a lot of things about dinosaurs, plants and the earth. It was fun. Because T-rex's model moved!

And then we went to see the Lion king musical. That musical was much more fun than the animation.

Yesterday was a fun day.

Bye! Yours sincerely.

24-9-2006

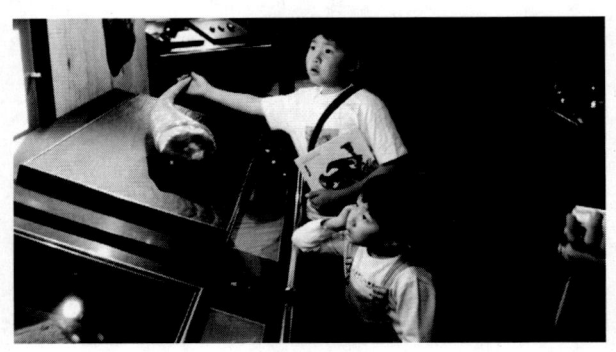

사랑하는 주현아!

 할아버지 생일을 축하해 주어서 고맙다.
 이제 영국 생활도 끝나고 조국의 땅으로 돌아오는구나.
그동안 매주 할아버지에게 E-mail 을 보내느라고 수고가
많았다. 이에 할아버지는 주현에게 대단히 고맙게 생각하
고 있고 주현이가 자랑스럽고 착한 어린이라고 생각하고
있지!
 고국으로 돌아오는 길에 아빠, 엄마와 동생 주현이와 함
께 모두 꼭 붙어 다니면서 한눈팔지 말고 무사히 귀국하기
를 바란다. 안녕!

2006. 9. 25
할아버지

빈 그릇 운동

빈 그릇 운동

서울 OO초등학교
4학년 4반
이주현

　학교에서 빈 그릇 운동에 대해서 배웠다. 빈 그릇 운동이 무엇인지 몰랐다. 왜냐하면 처음 들어 본 단어였기 때문이다.

　빈 그릇 운동이란 음식을 남겨 버리는 것이 없도록 하는 것이다. 빈 그릇 운동을 실천하기 전에는 싫어하는 반찬이나 밥이 먹기 싫으면 음식을 남기고 버렸다. 엄마가 음식을 먹기 전에 양이 너무 많으면 미리 음식을 덜라고 하셨다. 그래도 남기면 가끔 이런 말을 하셨다.

　절에서는 스님이 음식을 먹을 만큼 퍼간다고 하셨다. 나는 왜 음식을 버리면 안 되는지 그 때까지 몰랐다. 빈 그릇 운동에 대해서 배운 다음 그때서야 왜 버리면 안 되는지 알았다.

　음식물 찌꺼기나 쓰레기는 환경에 큰 영향을 준다는 것과 다른 사람들에게 큰 불편을 준다는 것을 알았다. 예를

들어 악취나 오염된 공기가 많이 떠돌아다녀 환경을 오염시키는 등 불편을 막기 위해 빈 그릇 운동을 하는 것이다.

그리고 1년 동안 버려지는 음식물 쓰레기를 든으로 따지면 14조 7천억 원, 처리 비용은 4천억 원, 합하면 무려 15조 원이 된다. 그 돈이라면 지하철 노선 7개, 아파트 50,000채, 서울 월드컵 경기장 70채를 지을 수 있단다. 또 자동차 연간 수출액과 맞먹고, 그 돈으로 북한 사람들 30년 동안 먹고 살 수 있다고 한다.

"북한 사람들이 그 돈으로 무려 30년 동안 먹고 살 수 있다고 하는데 왜 우리는 그 많은 돈을 음식물 쓰레기로 버릴까?"라는 생각에 잠겼다. 내 동생은 우리 가족 중에서 음식물 쓰레기를 가장 많이 버린다. 한 두 숟가락만 먹고 나머지는 그냥 그대로 버린다.

내가 내 동생한테 이렇게 말했다.

"한 두 숟가락만 먹고 버리지 말고 한 두 숟가락을 덜고 먹어!"라고 했다.

그리고 "어렸을 때 고쳐야지 안 고치면 커서도 고치기 힘들다"

그래서 지금은 고쳤다. 이제 빈 그릇 운동이 므엇인지 아니까 이제 잘 실천해야겠다.

끝맺음에

손자를 보면 그지없이 귀엽고 마냥 사랑스러워 흐뭇하고 행복하다. 그래서 손자는 노인의 면류관이라고 했나 보다.

내 어린 시절의 생활환경을 생각하면 지금이 얼마나 좋은 시대인지 감사한 마음이 절로 든다.

무엇 때문에 이 땅에 전쟁이 일어났는지 이데올로기가 무엇인지도 모르면서 허기진 배를 질끈 동여 메고 어머니를 따라 북악산에 올라 땔 나무하는 것도 당연한 것으로 생각하고 불평불만 없이 생활하던 내 어린 시절이었다.

전쟁 와중에 학교에는 갈 수가 없었고 편모슬하에서 하루하루 끼니를 이어가는 것이 우리만 아니라 모든 사람에게 가장 시급한 문제였으니 풍요로운 현 사회가 얼마나 좋은지를 지금 청소년들은 모를 것이다.

2000년대에 사는 청소년들아!

미래는 준비한 사람들의 것이니 철저하게 준비하라!

지금은 지나간 어느 시대보다 살기 좋은 시대라는 것을 알고 늘 감사한 마음으로 생활하면서 원대한 꿈을 가지고 최선을 다하여 자신들이 해야 할 책임과 역할을 훌륭하게 완수하기를 간절히 바라노라.

할아버지의 세대는 50년대 전쟁 폐허 속에 굶주림과 헐벗은 극빈한 이 땅에서 어린 시절을 보내고 60년대에 댄손으로 일어나 70, 80년대에는 온 국민이 합심 단결하여 경제 부흥을 일으켜 90년대에 세계 속의 한국을 건설하여 지금의 풍요로운 사회를 이루었으니 늘 감사한 마음으로 줄기차게 즌비하라.

학이시습지 불역열호(學而時習之 不亦說乎)라 배울 때에 익혀 두면 이보다 더한 기쁨은 없는지라, 인생에서 봄철이라고 할 수 있는 한참 배워야 할 학창 시절에 딴 생각 말고 학습에 열중하여 열심히 배워 익혀 두는 것이 훗날 그보다 더한 기쁨의 수확이 없는 것이니 깊고 넓게 학문을 익히고 언행은 늘 예로써 단련(博學於文 約之以禮)하면 자신이 목표했던 꿈은 반드시 이루어진다는 것을 굳게 믿고 끊임없이 노력하고 철저하게 준비하여야만 한다.

學而時習之 不亦說乎

博學於文 約之以禮